砂上の将軍

ご隠居は福の神 6

井川香四郎

時代小説
二見時代小説文庫

目次

砂上の将軍——ご隠居は福の神6

砂上の将軍――ご隠居は福の神6・主な登場人物

高山和馬《たかやまかずま》……自身の窮乏は顧みず他人の手助けをしてしまう、お人好しの貧乏旗本。

吉右衛門《きちえもん》……ひょんなことから和馬の用人のようになった、謎だらけの老人。

藪坂甚内《やぶさかじんない》……深川診療所の医師。儒学と医術の知識をもち「医は仁術」を実践している。

文太《ぶんた》……立て続けに危険な目に会った日銭稼ぎの物売り人足。

鍋《なべ》……香木問屋「香琳堂《こうりんどう》」の女房。主八右衛門《はちえもん》を事故で亡くす。

古味覚三郎《こみかくさぶろう》……北町の定町廻り《じょうまちまわり》同心。袖の下を平気で受け取るなど芳しくない評判が多い。

熊公《くまこう》……古味の配下の元相撲取りの岡っ引き。和馬や吉右衛門とは顔馴染み。

千晶《ちあき》……藪坂の診療所で働き、産婆と骨接ぎを担当するおきゃんな娘。

別宮拓真《べっくたくま》……小普請組組頭。裏の顔を持ち、金のために悪事を重ねる。

柾吉《まききち》……本所菊川町の町会所《まちかいしょ》の手代として働く男。

永井摂津守忠重《ながいせっつのかみただしげ》……十人抜きの出世で若年寄に抜擢される。松平出羽守とは対立関係にあった。

松平出羽守《まつだいらでわのかみ》……徳川宗家の血筋にして、老中首座を勤めた出雲松江藩藩主。

松平直秀《なおひで》……松平出羽守の子息。支藩の武蔵片倉藩の藩主となる。

田宮小兵衛《たみやこへえ》……関東郡代・伊奈家の縁戚として天領を治めていた。

佐和《さわ》……田宮小兵衛の娘。直秀とは幼なじみだった。

第一話　われ鍋《なべ》とじ蓋《ぶた》

一

長い梅雨に散歩を控えていた吉右衛門《きちえもん》だが、尻がムズムズするので、思い切って番傘をさして小名木川《おなぎがわ》沿いの道を歩いていた。

対岸が煙るほどの大雨になってきた。

「——鬱陶《うっとう》しいのう……」

雨は農作物のために大切なものだと分かってはいるものの、連日だと気持ちも萎《な》えてくる。川は溢れんばかりに増水しており、足下にもひたひたと水溜まりが広がっていた。

「まずいなあ……このままでは、またぞろ鉄砲水にならんとも限らん」

吉右衛門は深川《ふかがわ》一帯が水浸しになって、また避難する人々が増えるのではないかと、俄《にわか》に心配になってきた。

いつもなら往来している沢山《たくさん》の川船も、両岸にへばりついて停泊している。その連なった船が筏《いかだ》のように波打って、ギシギシと不気味な音を立てている。風が強くなったのも相まって、水飛沫《みずしぶき》が吉右衛門の顔に張りついてきた。

思わず傘で避《よ》けようとしたが、風で骨組みが折れて飛んでいってしまった。

「ああ……」

ひらりと舞い上がる傘を目で追ったとき、先にある小さな橋が激流となった川のせいか、大きく傾いた。

そこを通りかかっていた荷車があったが、人足《にんそく》が荷車ごと転落した。

「おっ。危ない！」

目を凝らした吉右衛門が駆けつけようとすると、荷車はあっという間に沈んで、人足の姿も巻き込まれるように見えなくなった。泥水になっているから、姿が分からない。だが、ほんのわずかに大きく波打つ川面から、手が葦《あし》のように伸び出ている。

考える間もなく、吉右衛門はひらりと濁流に向かって飛び込んだ。

後はどうしたのか、何もかもが分からないうちに、死に物狂いで吉右衛門は人足を川沿いの石段まで泳いで連れていき、船着場から引っ張り上げた。

なんとか助けたものの、水を飲んだ人足はぐったりとなっているから、懸命に胸を押さえて水を吐かせ、口から息を吹き込んで、死の淵《ふち》から生還させた。人足の目は朦《もう》朧《ろう》としていたが、意識はハッキリしているようで、

「——ありがとう……」

と消え入るような声で言った。

大雨だから、周辺には誰もいない。吉右衛門は人足を背負って、高山《たかやま》家の屋敷まで連れて帰った。だが、主《あるじ》の和馬《かずま》は雨で普請《ふしん》が中止になったからと、ごろんと寝ころんでいた。

その横に、人足を寝かせたとき、ようやく気付いたのか、ハッと起き上がった和馬は、奇声を上げて、

「なんだ。土左衛門《どざえもん》かッ」

と吃驚《びっくり》した。

「生きてますよ。ちゃんと意識もあるようです」

「ほんとか……」

「泥水をかなり飲んだようなので、後で肺病になるかもしれないから、藪坂《やぶさか》先生に診

て貰わねばなりませぬな」

そう言った吉右衛門もびしょ濡れだから、和馬は心配したが、まさか飛び込んで助けたとまでは思っていない。さすがに和馬も、風邪《かぜ》を引いてはいけないと、すぐに大きめの手拭いを持ってきて、吉右衛門に渡し、土左衛門のような人足の着物を脱がせて、拭いてやった。

「ゴホゴホ……ご親切に……ありがとうございます……」

必死に礼を言おうとする人足だが、まだ苦しそうだった。吉右衛門は無理をするなと言って、しばらく安静にさせていた。

年の頃は三十くらいであろうか。どことなく冴えない顔つきなのは、町人髷《まげ》も潰《つぶ》れた濡れ鼠《ねずみ》だからであろうが、足腰はしっかりしていそうだった。男は草臥《くたび》れきったように、すうっと眠りに入った。

目を覚ましたのは、翌朝早くだった。

「——ここは……」

自分が何処《どこ》にいるのか、分からない様子だった。見廻してすぐに武家屋敷であると分かったのは、おそらく中間《ちゅうげん》でもしていたことがあるのであろう。

起き上がると、自分のとは違う着物だと思って、袖を広げてみたりした。

「そうか……あれは夢ではなかったのか……渦巻く水の中で、仏様が手を差し伸べてくれたような気がしたが……俺は助かったんだな……ああ、よかった……」

しみじみと呟《つぶや》いたとき、廊下から、袖無《そでな》し羽織姿の吉右衛門が来て、

「お目覚めですか。それはようございました」

と声をかけると、人足は目を細めて見ていた。が、近づいてきた吉右衛門に、まるで虫でも探すように、さらに顔を近づけて、

「この顔だ……ああ、この顔だ。俺を助けてくれた仏様は」

と叫んだ。

「仏様とは大袈裟《おおげさ》な……」

「ああ、地獄に仏とはこのことだ……あなたなんですね。あの激流の中から、あっしを助けて下さったのは」

「何ともなくてよかった。よく眠っていたがな、その間に、藪坂先生という深川診療所の医者にも診て貰った。どうやら、肺には水は入ってないようなので、しばらく養生すれば良くなるとのことだ」

吉右衛門が優しく慰めると、人足は「ありがとうございます」と子供のように泣いた。ひとしきり泣いてから、またまじまじと吉右衛門を見て、目を擦《こす》った。

「相済みません……あっしはガキの頃、目が悪くなっちまって、遠くのものがよく見えねえんでやす。だから、なんとなく読み書きも苦手《にがて》で……でも、頑張って人並みに暮らしてます」

「それはよかった。私の方は老眼といいましてな、近くのものが霞《かす》むのです。ハハ、それより腹が減りましたでしょう。ええと……名前はなんというのですかな」

「あ、申し訳ありやせん。文太《ぶんた》といいやす。以降、お見知りおきを」

「文太さんですね」

確認するように訊き返してから、吉右衛門は朝餉《あさげ》を出してやった。握り飯と味噌汁に香の物だが、すっかり眠っていて腹が空いていたのであろう。文太はむしゃぶりつくように食べた。

「はあ、うめえ……生きてるって感じがしてくらあ」

生まれつきの屈託《くつたく》のなさなのか、少し感覚が鈍いのか、子供のように嬉しそうな顔で、腹がポッコリと出るまで食べ続けた。

「——で、おまえさんは、何処で働いているんだい」

「え……？」

「大きな大八車と一緒に川から落ちたのだが、荷物はまだ引き上げられてはおらぬようだ。川の中に荷物を落としたら、罰則があるからな。それに、売り物だとしたら、おまえさん弁償しなきゃならない」

「え……ええ……！」

俄に困ったように頭を抱え込んだ文太に、吉右衛門は慰めるように言った。

「だが、案ずることはない。おまえさんの失策で大八車を落としたのではなくて、あれは雨のせいで、橋が傾いたからだ」

「は、はい……急に橋桁《はしげた》が崩れたみてえになって、ほんの一瞬のことで、泥水の中で溺れて……気が付いたら、お屋敷で……」

「うむ。だから、お咎《とが》めはないし、弁償などはせんでもよかろうと思う。むしろ、橋の修繕を怠っていた町役人《ちょうやくにん》らの方が責めを負うかもしれぬのう」

「ありがてえなあ」

「それより、女房とか親兄弟、あんたの雇い主らが心配しているだろうから……」

「いえ、あっしは独り者です」

文太はニッコリと笑って、味噌汁を飲み干した。

「ふわあ、美味《うめ》え……」

「奉公先は……荷車の持ち主とかは……」

「へえ。あれは俺のじゃないんです。誰のか知らないけれど、あの近くの商家の人が、ずっと何日も放置してて邪魔だから、塵芥《ごみ》置き場まで運んでくれって、頼まれただけなんです」

「そうなのかい……」

「ですんで、親切心が仇《あだ》になったってことなんでさあ」

「だったら、仕事は何を」

「ただの日銭稼ぎですよ。物売りでさ」

日銭稼ぎの物売りとは、たとえば油とか米、魚、菜の物や竹細工など、日用品を町々に売り歩く仕事である。多くの者は、その日、仕入れる金を両替商から借りて、売り切った後に、利子を付けて返す。その残りが自分の稼ぎというわけだ。

よって売れなければ、金だけ返して、物が残ることになる。翌日もそれを売れればよいが、腐るものなら棄《す》てねばならない。町の通りに捨て置いたのは、恐らくその類《たぐい》のものだろうと、文太は言った。

「そうかい……しかし、ここにいることを報せる人はいないかい」

「おりませんよ。兄弟もいねえし……そりゃ産《う》んでくれた親はいるが、とうの昔、流行病《はやりやまい》で死んでしまってね。けど、住まいは……」

本所入江町《ほんじょいりえちょう》の長屋だという。竪川《たてかわ》三ツ目橋の辺りだというから、さほど遠くはない。昨日は、物売りの帰りがけだったという。

「そうですか。とにかく、気を付けて下さいましよ。これも何かの縁でしょうから、困ったことがあれば立ち寄って下さい」

吉右衛門は、かなり暮らしに困っていそうな感じだったから、二朱銀を渡して、着物もいつ返して貰ってもいいと、そのまま帰らせた。文太は命の恩人と別れがたい雰囲気だったが、深々と礼を言ってから立ち去るのだった。

日々、人助けをするのが当たり前の吉右衛門にとっては、普通の光景だった。

二

数日後、今度は、和馬が図《はか》らずも人を助けることになった。

永代橋《えいたいばし》の上に、ひとりの女が佇《たたず》んでいた。もう三十近くであろうが、年増《としま》というには若く見えた。崩《くず》し島田《しまだ》に地味な色合いの着物から、何処かの商家の内儀《ないぎ》であろうか。

そろそろ橋番《はしばん》小屋も閉まり、日が暮れると往来も禁止になる。大川《おおかわ》と江戸湾とは繋がっており、幾艘もの船が往来するため、満潮のときでも橋桁の下は一丈余りの高さがある。長さは百十間、幅も三間余りある大きな橋である。その上から、富士山《ふじさん》や伊《い》豆《ず》の山々、安房《あわ》の峰々から筑波山《つくばさん》がぐるりと見渡せるので、立ち止まって風景を楽しむなら分かるが、その女は様子が変だった。

和馬はさりげなく近づいて声をかけた。今にも欄干《らんかん》を乗り越えて、飛び降りるのではないかと察したからである。

上品だがほんのりとした、何とも言えぬ良い匂いがした。

「いやあ、いつ見ても美しいですなあ……」

遙か遠くの富士を手をかざして見る和馬に、女は気付いてもいないように、真下の川を覗き込んでいる。その横顔をチラリと見ると、さほど美人ではないが、ぷっくらした頬が愛らしく、少し垂《た》れ目で親しみのわく面立《おもだ》ちだった。

「実に美しい……そうは思いませんか」

もう一度、和馬が声をかけると、女は俯《うつむ》いたまま、

「そんな……私は美しいだなんて、一度も、言われたことがありません。どうせ、人に見せられないくらいのオカメです」

「違いますよ。富士山です」

「分かってます。そうやって、からかうんですよね、男の人って」

女は相変わらず俯いたままである。和馬は気がかりな様子で、

「――何か、落としましたか……簪《かんざし》でも……」

と訊くと、女は首を振りながら、

「まさか。ここから何か落としたら、もう見つかるわけがありません。いっそ私自身が、落ちたい気分です」

と呟くように言った。

すぐに和馬は女の袖を摑んで引き寄せ、

「馬鹿な真似をしちゃだめだ。何があったか知らないが、そんなことをしては……」

と意見した。

振り向いた女は、和馬の顔を見て、俄に華やいだ表情に変わった。

「あら……いい男……」

「え……」

「前にもこんなことがあったような……」

「いや、ない」

「いいえ。何度も何度も、あなたとは生まれ変わっては会ってきました。丁度《ちょうど》、川《かわ》面《も》に浮かんでは消える泡のように」

女の目は異様なほど燦《きら》めいている。

声をかけるのではなかったと和馬は思った。きっと思い込みの強い女か、心の何処かが病《や》んでいるのであろう。そう判断した和馬だが、捨て置くわけにもいくまい。もしかしたら、本当に飛び降りようとしていたかもしれないからだ。

「私の知り合いに、深川診療所医師の藪坂甚内《じんない》先生がいる。良かったら、今日はそこで休んでいかれたらどうかな」

「私が……どうしてです？」

「どうしてって……なんというか、その……」

困ったように頭を搔く和馬を見て、女はキャハハと大笑いをした。あまりにも屈託のない笑い声なので、通りがかった人たちも思わず振り返った。

「もしかして、私が飛び降りるとでも……ご親切なんですね」

「いや、それは……」

「でも、そういう人、大好き。だって、もう一刻近くここでこうしてるのに、声をかけてくれたのは、お侍さんだけですもの。他の人はきっと、オカメだと思って避けたんですわ」

「――まあ、そうかもしれぬが……あ、いやいや……見えていたのは後ろ姿だし

「……」

「うふふ。正直で面白いお方。私、決めました」

「何をだ……」

「私の次の旦那様。うふふ、なんだか気持ちが晴々してきたわ」

やはりこの女は、頭がどうかしているのだと和馬は思い、藪坂先生のもとに連れていこうとした。その時である。

「女将《おかみ》さん、女将さん。やはり、ここでしたか……」

必死な声を上げながら、何処かの商家の番頭であろうか。夕暮れが広がる中でも、白い髷《まげ》と明るい色合いの印半纏《しるしばんてん》が目立つ姿で、小走りに近づいてきた。

「だめですよ。勝手に出歩いては……先生にもそう言われてるでしょ」

「分かりました、分かりました」

「では、帰りましょう」

番頭風に言われると、女将さんと呼ばれた女は素直について帰ろうとした。立ち止まって振り返ると、

「お侍さん。お名前を聞かせて貰っていいですか」

「ああ。高山和馬……小普請組旗本《こぶしんぐみはたもと》です」

「まあ、お旗本！」

「といっても、一番下《した》っ端《ぱ》の二百石取りです。とにかく、女将さん、紛《まぎ》らわしいことはしないで下さいね」

「はい。では、またご縁があれば……」

深々と礼をすると、素直に番頭風に従って、御船蔵《おふなぐら》や船番所のある北新堀町《きたしんぼりちょう》の方に向かって立ち去った。

その翌日、その番頭が高山家の屋敷に現れた。

幸兵衛《こうべえ》と名乗る番頭は、昨日の御礼にと、封印小判をふたつも持参した。そのようなものは受け取れぬと返そうとすると、横合いから吉右衛門が、

「くれるというものは、戴《いただ》いておいたら如何《いかが》でしょうか」

と言った。いつもの吉右衛門らしくない、何の情けもない言い草だった。

「見てのとおり、困窮しておりましてな」

吉右衛門が言い訳じみて笑うと、幸兵衛は噂には聞いておりますと返事をした。

「噂……」

「はい。藪《たぐ》坂先生は私どもの前の主人・八右衛門《はちえもん》の往診に来てくれてましたもので、高山様の類い希《まれ》な人助けについては、かねてより耳に入っておりました。ですので、

昨日、お名前を聞いたとき、ハッと思ったのですが、女将さんがいたので、素っ気なく帰ってしまいました。改めて、お詫び申し上げます」

「何か子細《しさい》があるようですな」

すぐに話に割り込んでくる吉右衛門に、

「茶でも持ってきてくれ」

と言って、和馬は追いやろうとしたが、番頭がご隠居にも聞いて貰いたいというので、その場に居続けた。吉右衛門が並みの奉公人ではないということも、藪坂から聞いていたというのだ。

仕方がないという表情になる和馬に、幸兵衛は真剣な眼差《まなざ》しで、

「改めて、名乗りますが、私どもは京橋《きょうばし》の富島町《とみしまちょう》で『香琳堂《こうりんどう》』という店をやっております」

と言うと、吉右衛門が目を輝かせた。

「ああ、香木《こうぼく》の卸《おろし》問屋の」

「うちのことを、ご存じで……」

「そりゃ、あれだけ立派な香木のお店《たな》は江戸では珍しい。京《きょう》だって、なかなかありませぬぞ」

「ありがとうございます。さすがは、ご隠居様……」

香木とは、心地よい芳香《ほうこう》を持つ木材で、伽羅《きゃら》、沈香《じんこう》や白檀《びゃくだん》などがよく知られている。これらを薄く削り取ったものを、蠟燭《ろうそく》などで熱し、そこから出てくる馥郁《ふくいく》たる芳香を楽しむ。もっとも、白檀は温《あたた》めなくても香っているため、仏像や数珠《じゅず》などにも使われる。

貴重品ゆえ、高価な額で取り引きされており、庶民にはあまり関わりがないが、公家《くげ》や大名、旗本、豪商などが好んで欲しがる。かの織田信長《おだのぶなが》が欲しがった〝蘭奢待《らんじゃたい》〟は朝廷に献上されたほどの貴重なもので、わずか一寸四方の香木が国の存亡に関わったのだから、恐ろしい話である。

むろん、『香琳堂』がそれほどの特別なものばかり扱っているわけではなく、香道《こうどう》に使われるものを商っている。しかし、貴重なものであることに変わりはなく、顧客も大名や旗本といった身分の高い者が多かった。

「なるほど、だから女将は良い匂いがしていたのだな……もっとも、うちのような下級旗本には縁がなさそうだな」

いじけたように言う和馬に、とんでもないと幸兵衛は首を振って、

「今日、お願いに上がったのは、女将さん……名は、鍋《なべ》というのですが……もし、こ

こに訪ねてくるようなことがあっても、和馬様……決して、相手にしないで下さい」

と嘆願するように言った。

「なに……それは、どういうことだ」

訊き返す和馬に、幸兵衛は順を追うように話した。

「実は、先般、主人の八右衛門が亡くなりました。もう四十九日が過ぎるのですが、女将さんは未だに悲しみのどん底におります」

「でしょうな……」

吉右衛門が頷くと、和馬は首を傾げて、

「だが、俺の顔を見るなり、『あら、いい男。何度も、あなたとは生まれ変わっては会ってきた』みたいなことを言ってたぞ。言葉は悪いが尻軽女《しりがるおんな》のようだった」

「ええ、そうなんです」

アッサリと幸兵衛が答えたので、和馬と吉右衛門は顔を見合わせた。

「でも、誤解なさらないで下さい。誰にでも一目惚れし易いというか。分け隔《へだ》てなく、お付き合いするというか、八方美人というか……とにかく人が良すぎるので、損ばかりしているような人なのです」

「いいじゃないですか」

また吉右衛門が言葉を挟んだ。幸兵衛は素直に頷いて、

「それはよいのですが、本人が気付かないうちに、相手にご迷惑をかけているというか……決して悪気があるわけではないのです。でも、そういう次第なので、もし高山様にご迷惑があってはと思い、こうして参りました」

「なるほど。よく分かりました」

和馬は心遣いをキチンと受け止めて、

「うちにも少しオッチョコチョイの爺《じい》さんがおるが、充分、気をつけておくとする。それにしても、ご主人が亡くなったとは、大変なことだな。病か何かか」

「いえ、それが……」

幸兵衛は少し言い淀んでから、内緒にすることでもないと思ったのか、

「よく分からない事故なのです。坂道を走ってきた大八車に撥《は》ねられて……頭を強く打って死んでしまいました。呆気《あっけ》ない最期でした……主人とは苦楽を共にしてきましたから、私は……」

と辛そうと目頭《めがしら》を拭《ぬぐ》った。

「女将さんはもっと辛いと思います。扇《おうぎ》や扇子《せんす》などを扱う小間物問屋の娘さんでしてね。うちの主人が、あのカラッと明るい人柄に惚れ込んで、半ば強引に嫁にしたので

ございます」

「半ば強引に……とは」

今度は、吉右衛門が不思議そうに訊くと、幸兵衛はすぐに答えた。

「今、言ったとおり、女将さんは色々な人に惚れすぎる気質《たち》なので、先方のご両親がなんというか、遠慮なさって……でも、主人はどうでも、お鍋さんを嫁にしたいと」

「そうでしたか……」

「五年余りの夫婦暮らしでしたが、もっともっと長く幸せであったはずなのに……」

涙もろいのか、幸兵衛はまた込み上げてくるものがあって、口を一文字に閉じた。

その姿を見ていた吉右衛門は、なんといい人たちだと心から思った。

「何処かから、見守ってくれてるはずですよ。これからも、お店の繁栄とあなた方が無事息災であることを祈っておられます」

素直に言った吉右衛門の言葉を、幸兵衛はまるで高僧にでも言われたかのように、有り難そうに手を合わせた。

三

　今日も大した売り上げはないのか、項垂《うなだ》れたように天秤棒《てんびんぼう》を担いだ文太は、小名木川沿いの道を歩いていた。

　先日、落下した橋はまだ修復されていないので、遠廻りをしなければならない。はあっと溜息をついて、もうひとつ先の橋を目指していると、路地から飛び出てきた五歳くらいの子供が、

「おじちゃん、凧《たこ》を取って」

　と近づいてきた。

「凧……？」

「あそこに飛んでって、引っかかったんだよ……」

　子供が指さす方を見上げると、火の見櫓《やぐら》の屋根のところに、奴凧《やっこ》が引っかかっていた。風に靡《なび》いて落ちそうだが落ちない。

「坊主。町中で凧揚げはしちゃいけないんだよ。知ってるか」

「知らない」

「でも、あれが見つかると、お役人様に痛い痛いされるから、おじさんが取ってきてやるな。ここで待っててな」

天秤棒と荷物を路地の片隅に置いて、文太はほとんど垂直の梯子《はしご》を登り始めた。

火の見櫓は自身番に設置されており、勝手に入ることができない。だが、子供が叱られては可哀想《かわいそう》だと思ったのか、塀を乗り越え、梯子に飛び移って登り始めた。高さは五丈を超える。その上に半鐘《はんしょう》が設けられており、火事の際は鳴らすのだが、火の見櫓を登り始めると、いかに江戸には火の見櫓が多いかを実感する。

「ふわあ、絶景、絶景！……と言いたいが、ぼけて何も見えやしねえやな……でも、何となく雰囲気は分かる、うん」

梯子を摑んだまま、文太が声を上げて眺めていると、下から番人が出てきて、

「こらあ！　勝手に登るな。お縄になるぞ」

と怒鳴りながら、下から追いかけて登ってき始めた。

だが、文太は構わず登り続けながら、

「凧を取ってやんなきゃよ。凧だよ、凧をな……」

と下から来る番人に言った。

身軽なのかズンズンと登り切って、あと少しというところで、最上段の取っ手を摑

み損ねた。

次の瞬間、均衡を崩した文太は、さらに踏ん張っていた足場もズレて、片手で宙ぶらりんになった。慌てて摑もうとしたが、それは梯子ではなく、凧の〝足〟だった。ただの紙切れである。

思い切り前のめりに体が崩れると、梯子を摑んでいた片手も滑《すべ》って、ふわっと宙に体が投げ出された。その勢いのまま、文太はストンと落下した。

真っ逆さまに地面に向かって頭から落ちた文太だが、何処から飛んできたのか、ふわりと分厚い布団《ふとん》が出てきた。文太はその上に落ち、まるで〝空飛ぶ絨毯《じゅうたん》〟のように、しばらく宙を漂うかのように留まってから、路地にドスンと落ちた。

「あっ。痛い……痛い、痛い……アタタ」

激しく腰を打ちつけたのか、文太は諸手《もろて》を挙《あ》げて背中と腰を浮かせ、仰《の》け反《ぞ》るようにして叫んでいる。

「——大丈夫ですかのう……」

文太の顔を覗き込んだのは誰であろう、吉右衛門であった。

「あっ……あっ……」

何か言いたそうだが、文太は喘《あえ》ぐだけで声にならなかった。その顔を見て、吉右衛門の方も驚いた。

「おや、まあ……やはり、あなたでしたか……ええと、文太さんでしたかな」

「そ、その節は……お世話に……な、なりました……いてて」

「いやあ、吃驚《びっくり》した。誰かが火の見櫓に登り始めたのを、たまさか見かけたんで、何度も危なっかしげだったので、落ちそうな所に布団を掛けておいたのですよ。丁度、その辺に干してあってよかった、よかった」

事もなげにそういう吉右衛門だが、文太の方はまた助けて貰って、何と言ってよいか分からないが、とにかく必死に礼を言おうとした。だが、上手《うま》く言葉にならない。

そこに、自身番の番人や岡っ引らが「何事だ」と駆けつけてきた。大柄な岡っ引は、吉右衛門とは顔馴染みの熊公《くまこう》だった。

「なんだ、ご隠居か……一体、何があったんで」

「空から男が降ってきた」

「こいつか、勝手に火の見櫓に登ろうとしたのは」

「どうやら、あの引っかかってる凧を取ってやろうとしたようだが……あれ？　子供がおらぬなあ」

吉右衛門が見廻したが、すでに子供はいなかった。階段に登りかけていた番人も戻

ってきて、

「てめえ、何してんだ、こらッ」

と叱りつけた。

「これ、番人さん……お名前はなんというんですか」

「圭七《けいしち》だが、それがどうした」

「見れば分かるでしょ。あんな高い所から落ちて、喘いでる。下手《へた》すりゃ死んでたんですから、怒るより先に手当てをして上げなさいな。それが番人じゃありませんか」

文句を言う吉右衛門に一理あると、熊公はひょいと抱き上げて、自身番の座敷に連れていった。小者に命じて、近くの町医者に連絡させた。が、怪我の塩梅《あんばい》を見た吉右衛門は、深川診療所から骨接《ほねつ》ぎ医の千晶《ちあき》も呼んだ方がいいと進言した。

文太が呻《うめ》いている間、吉右衛門は自身番の外にチラリと姿が見えた、遊び人風の男に目がいった。頰に刀傷がある強面《こわもて》だ。何やら、番人の圭七とこそこそと話している。

「熊公……あいつは誰だい。圭七とやらと話している奴だがね」

吉右衛門が気にすると、熊公は振り返って小首を傾げ、

「どっかで見たことがあるな……今すぐは思い出せないが、あいつが何か」

「うん……私はね、見てたんですよ」

「何をだい」

「これくらいの小さな男の子が、文太に『凧が引っかかったから取ってくれ』と頼んでたんだ。けどね、そう頼むようにと、子供に小銭をやって命じていたのが、あの遊び人なんだ」

「えっ……どういうことだい」

「分からないから、それを調べてくれませんかね、親分……もしかしたら、もしかすると思いますのでね」

「なんでえ、そのもしかするってのは」

「だから、まだよく分からないから、お頼みしているんですよ……人がひとり、あんな高い所から落ちたんですよ。死んでいたかもしれないのに、圭七って番人も、まるで助かったのがいけなかったような態度だったからね、少しばかり気になりまして」

吉右衛門は橋から落ちた文太の事情を話すと、熊公も訝《いぶか》しげに首を傾げた。神妙な顔になる吉右衛門を見つめて、

「――まあ、ご隠居がそこまで言うなら、お安い御用だ。ちょいと調べてみまさ」

と頷いた。

文太はまた高山家に運ばれて、しばらく様子を見ることにした。

千晶が来て、文太は体のあちこちを様々な形の添え木で固められ、晒《さら》しでぐるぐる巻きにされた。まったく身動きできない状態にされたのである。

「はい。しばらく、こうして骨がひっついて落ち着くのを待ちましょう」

「かなり痛いんだが……」

「大丈夫、火の見櫓から落ちたのに、この程度の怪我で済んだのだから、不幸中の幸いですよ。後は、たまさか通りかかったご隠居さんに感謝するんですね」

「はい。この前も、溺れそうになったところを……一度ならず、二度までも……」

「良かったですねえ。この辺りでは、〝福の神〟と呼ばれているほどの方だから、心の中で拝んでおくのですね。では……」

軽く肩を叩いていこうとすると、

「あの……千晶先生……」

「なんですか」

「これでは、厠《かわや》にも行けませんが、どうしたらよろしいでしょうか」

「赤ん坊になったつもりで、誰かに面倒を見て貰うのですね。私はしませんよ」

千晶が冷たく言って立ち去ろうとしたとき、「御免下さい」と声があって、玄関にお鍋が立った。先日とは違って、華やいだ着物に化粧が濃いめで、島田の髪も艶《あで》やか、娘のような煌《きら》びやかな銀 簪《かんざし》も挿《さ》していた。

「高山和馬様はいらっしゃいますでしょうか。私、京橋『香琳堂』のお鍋という者でございます。和馬様はご在宅でしょうか」

凛《りん》とした声で問いかけると、出てきたのは薬箱を携《たずさ》えた白衣姿の千晶だった。素っ気ない態度で、「いません」と答えた。お鍋の方は心配そうに首を傾げて、

「和馬様に何かあったのでございますか」

「いいえ」

「では、何方《どなた》かが具合が悪いのでございましょうか」

「ご隠居が助けた怪我人がいるだけです」

「えっ、ご隠居……お父様《とうさま》もご一緒に住まわれているのでしょうか」

「ご隠居というのは、奉公人のことです」

「では、和馬様は何処に」

思い詰めて縋《すが》るように尋ねるお鍋に、千晶は不機嫌な顔で、

「さっきから、和馬様、和馬様と人の亭主の名前を何度も呼んで、何か御用ですか」

「て、亭主……」

「はい。私の夫です。もっとも、まだ正式に高山家の嫁になった訳ではありませんが、

その契《ちぎ》りを交わしてます」

「――そうなんですか……」

お鍋はガッカリしたように両肩を落とし、持参した菓子包みも落としそうになった。

「でございますわよね。ええ、あのような素晴らしいお方に、ご新造《しんぞ》様がいらっしゃらないのが不思議ですよね」

「はい。では、お引き取りを」

千晶はキッパリと追い返そうとしたが、お鍋の方が、

「でも、あの……ご新造様は、お医者様でもあられるのですか」

「ま、そういうことです。今、立て込んでますので、どうかお引き取り下さいませ」

わざとらしく丁寧に言ったとき、吉右衛門が奥から出てきて、

「まあ、そう言わずに、折角《せっかく》、訪ねてきたのですから、お茶くらい召し上がっていって下さい。私も少しばかり、お訊きしたいことがあるのです。奉公人の吉右衛門と申します」

と言った。

余計な口出しをしないで下さいとばかりに、千晶は睨んだが、吉右衛門はニッコリとお鍋に微笑《ほほえ》み返しながら、

「この産婆《さんば》であり骨接ぎ医の千晶は、和馬様の嫁でもなんでもありません。どうぞ、遠慮なさらず」

と招き入れた。

「ちょっと、ちょっと！」

文句を言いたげな千晶だったが、吉右衛門は「ご苦労様でした」と逆に追い出して、お鍋の方に手を差し伸べた。

「和馬様のお話ししていたとおりです。いい匂いをなさってます。ささ、どうぞ」

吉右衛門がお鍋を招き入れると、千晶は自分の白衣の匂いを嗅いで、

「どうせ私は、漢方薬の匂いだらけですよ。ふんッ。お鍋だなんて、変な名前」

と、ふてくされて草履《ぞうり》を鳴らしながら玄関を出ると、表門に駆け出した。

四

奥座敷に通されたお鍋は、少ししょげたような顔になっていた。

「どうしました？」

吉右衛門は釜にかけていた湯で、素早く薄茶を点《た》てながら、お鍋に訊いた。

「私、自分の名があまり好きではなくて。幼い頃、よくからかわれていたもので」

「そんなことを気にしているのですか。良い名です。食いっぱぐれがないようにと、昔はよく付けられていた名ですよ」

「そうなのですか……」

「はい。特に武家娘には多かったようですな。嫁に来るなら、鍋ひとつでよい……とも言われたものですが、あれは鍋ひとりでよい、というのが、そもそもだったとか」

「なんだ、そうなのですか。ご隠居さんは物知りなのですね」

ニコリと微笑んだ顔は福々しくて、男を幸せにしそうな風貌だった。素直にそのことを伝えると、お鍋は首を横に振って、

「主人はこの前、亡くなりました。四十九日が過ぎました」

「らしいですな……」

「えっ……どうして、そのことを？」

吉右衛門は、番頭の幸兵衛が来たことを誤魔化《ごまか》して、

「あの有名な『香琳堂』のご主人が不慮《ふりょ》の事故で亡くなったことは、噂でしたから」

「あ、そうでしたか……」

お鍋は何も疑うことなく、話を続けた。

「幸い主人には恵まれました……でも、子供ができることはなく、主人は少しばかり残念だったようで、余所《よそ》に女もできていたみたいです。でも、私は何も言いませんでした。言えば、主人が何処かに消えてしまいそうで……」

初対面なのに、いきなり身の上話を始めたお鍋に、吉右衛門は違和感を感じた。だが、黙って聞いていた。

「でも、本当に消えてしまいました。五年なんて、あっという間の夫婦暮らしでした……でも、主人が亡くなったことで、私も色々と言われました。やれ、おまえが災いをもたらしただの、老舗《しにせ》を潰す気かとか……」

「それは大変でございましたな」

「ええ。でも、主人に言われたわけじゃないから、へっちゃらなんです」

俄に明るい顔に戻って、微笑み返したお鍋は、

「でも残念なことは、まだ若い主人なのに、あんな死に方をして、無念だっただろうなって……だから私、なんとしても下手人《げしゅにん》探しをしたいのです」

「下手人……!?」

意外な言葉に、吉右衛門はまじまじとお鍋を見つめた。下手人とは、人殺しの犯人のことであるからだ。まさか、事故ではなく、殺しであったとでも言いたいのかと、

吉右衛門は思って、

「誰かに、殺された……とでも?」

と訊いた。

するとお鍋は首を横に振りながら、吉右衛門の胸を軽く突いて、

「まさか。うちの人に限って、人に恨まれるようなことはしていませんよ。本当に誰からも慕われる、いい人だったんです。だって、こんな私を嫁にしてくれたんですもの」

「いや、いいお嫁さんだと思うが……では、どうして、下手人などと……」

「だって、大八車が勝手に人を殺す訳がないじゃないですか。その大八車の持ち主は分からないし、誰があんな急な九段坂《くだんざか》に停めていたのかも、分からないままなんです」

「あ、そうだったのですか……てっきり、そのことの始末もついていたのかと思っておりました……大八車であろうと、荷船であろうと、人に当てて死なせれば死罪ですからね」

吉右衛門が説明すると、お鍋はキョトンとして、

「――えっ……そうなんですか……知らなかった。だったら、お上《かみ》が、なんとか調べ

てくれませんかねえ」

　と切実な顔で言った。

「分かりました。うちの主人は、北町奉行の遠山左衛門尉《とおやまさえもんのじょう》様とも知り合いですし、昵懇《じっこん》にしている同心や岡っ引もいるので、お力になれるかもしれません」

「ありがとうございます。でも、私……その下手人に死罪になって貰いたいわけじゃありません。その人が死んだところで、うちの主人が帰ってくるわけじゃありませんから。でも……でも、一言だけでも墓前で謝《あやま》って貰いたいのです」

「――分かります……そのお気持ち……」

　吉右衛門は、至ってふつうの女ではないか、いやむしろ、素直で良き妻ではないかと感じていた。和馬が〝変な女〟だと言っていたので、吉右衛門は話を聞いてみたかったのだが、ストンと腑に落ちるものがあった。

　そのとき、「ううっ。痛い、痛い」という文太の声が、奥から聞こえた。

　吃驚したお鍋は、何事かと目を丸くした。吉右衛門はすぐに苦笑しながら、

「火の見櫓から落ちた者がおりましてな。この前は、橋から落ちまして。どうやら、落ちるのが好きなようですわい」

　と奥の部屋に行くと、お鍋もついてきた。

「でもね、川に落ちたのは人の荷物の始末をしたため、火の見櫓から落ちたのも子供の凧を取ってやろうとしたため。はは、我が身を顧《かえり》みず人助けとは、うちの主人と似てます」

床《とこ》ずれをしたのか、あるいは怪我をした所が痛むのか、文太は苦痛の表情だった。

「大丈夫ですかな、文太さん」

吉右衛門が声をかけると、文太は喘《あえ》ぐように手を掲げて、

「しょ、小便を……したくて……」

「ああ、そうですか。ちょっと待って下さいましよ」

慌てたように吉右衛門は、尿筒《しとづつ》を探し出してきた。今でいう尿瓶《しびん》である。

「まだ大丈夫ですかな。今しばしの我慢を……」

と励ましながら、吉右衛門が着物の間からあてがおうとすると、何のためらいもなく、お鍋が尿筒を横合いから取って、

「さあ、どうぞ」

と手際よくあてがい、文太の珍宝《ちんぽう》にも指先を添えて、放尿させてやった。吉右衛門は感心しながら、

「いやあ、まるで公人朝夕人《くにんちょうじゃくにん》のようでございますな」

「なんですか、それは」

　お鍋は知らないと言いながらも、当然のように介助している。

「高貴な身分の方は、ほれ衣冠束帯《いかんそくたい》だのなんだの、着たり脱いだりするのが大変だから、催したら袴《はかま》の脇から尿筒で……その役目は、その昔から、土田孫左衛門《つちだまござえもん》という者が世襲で、代々務めておるのですよ」

「へえ、そうなんですねえ……私は、二親《ふたおや》と主人の親がいずれも病で寝込んでいることが多かったものですから、世話をするのに慣れているのでございます」

　赤の他人なのに汚いとも思わず、屈託のないお鍋の姿に、吉右衛門はさらに感服した。なかなかできるものではない。

　ほっと幸せそうな顔になって、用を足した文太は、改めてお鍋を間近で見て、

「──こ、これは、申し訳ない……我慢できなかったもので……こんな天女みたいな方に……本当にごめんなさい」

　と謝った。

「まあ、天女だなんて……」

　少し照れながら尿筒を片付けようとするお鍋に、吉右衛門は言った。

「この人は目が悪いんですよ……あ、そういう意味ではなくて……本当に物がよく見

えないらしくて、だから橋から落ちたり、火の見櫓の梯子を摑み損ねたり……」

尿筒は吉右衛門が厠《かわや》に運んで片付けたが、戻ってくると、ふたりはなんだか妙な雰囲気になっている。

「人のために怪我されたなんて、なんて素敵なお人かしら……もしかしたら、前世からの契りがあったのかも……」

お鍋はすっかり、文太に寄り添っている。文太の方は訳が分からず、戸惑っていたが、吉右衛門は、

——番頭の幸兵衛さんが話していたことは、このことか……。

と得心した。

勝手にどうぞとばかりに、吉右衛門は席を離れて、部屋に戻ろうとすると、中庭に熊公が血相を変えて駆け込んできた。その後から、古味覚三郎《こみかくさぶろう》の姿も現れた。北町奉行所の定町廻《じょうまち》り同心である。

このふたりが揃うと、ろくでもないことが何度もあった。吉右衛門は嫌な予感がしたので、離れの方に招いた。

「鬼の覚三郎様までがおでましとは、やはり何かあったのですね」

吉右衛門が言うと、開口一番、熊公が言ったのは、「殺そうとしたのかもしれねえ」

という言葉だった。

「殺し……穏やかじゃないですねえ」

「まあ聞いてくれ、ご隠居……」

　熊公が話し始めたのは、火の見櫓の自身番の前で見かけた遊び人風の男は、元は浅《あさ》草《くさ》の寅五郎《とらごろう》一家にいたやくざ者で、鱗三《りんぞう》という札付きの悪《わる》だという。任侠道《にんきょうどう》すら守れず、破門されたからこそ、素人《しろうと》相手に騙《かた》りを仕掛けては、金を脅し取っている阿漕《あこぎ》な輩《やから》だという。

「へえ、そんな男が自身番の番人とつるんで何かしてるってことですか」

「のようだな。圭七って番人も、よく素性が分からなくてな、いわば流れ者だ。ふだんは真面目に働いているが、隠し賭場《とば》などに出入りしてるような半端者だ。どうせ、そこで鱗三と知り合ったのだろうが、よく一緒につるんでいるようだ」

「で、火の見櫓の凧のことは……」

「ご隠居が見ていたとおりで、子供を使って文太に凧を取りに登らせ、後から圭七が追いかけて、足を摑んで落とそうって算段だった……かもしれねえ」

「かもしれねえ……って、それは一体、どういう……」

「事故に見せかけて殺そうとしたと、あっしは踏んでるんだ。でね……」

熊公は大きなからだを丸めるようにして、声を潜《ひそ》めた。

「文太が落ちたっていう橋だがな……これにもちょっとした細工《さいく》がしてあった……かもしれねえんだ」

「かもしれねえってのが、多いですな」

「後は、古味の旦那が話す」

預けるように熊公が言うと、古味は曰《いわ》くありげな顔つきで、

「橋が傾いたからには、原因を調べなきゃいけねえ。これは定橋掛《じょうばしがか》りの仕事だが、妙なことに橋桁の一本が鋸《のこぎり》で切られたような痕《あと》があったというのだ」

「鋸で……」

「誰かが悪戯《いたずら》でやったにしては、本格的にといっちゃなんだが、ズレて傾くようにしてあった。そこに、文太が引く重い大八車が通ったがために傾いて落ちた」

古味の話を聞いて、吉右衛門も不安げに訊いた。

「では旦那は、誰かが文太を狙って……」

「だから、そこまではまだ分からぬ。たまさか通っただけかもしれぬからな。しかし、その橋桁を雨の中、文太が通る直前に何やら細工をしていた奴がいるのは確かだ。ただの悪戯とも思えぬ」

「ふむ……」

「しかも、文太に放置されていた塵芥の大八車を運んでくれと頼んだのは、その近くの店の奉公人ではなくて、通りすがりの者……人相を調べたら、鱗三と一致した」

自分の頬に指先で傷を引いて、古味は苦々《にがにが》しい顔になった。

「鱗三には以前、痛い目に遭ってるからな」

「そうなんですか……」

「ああ、人を人と思わない奴だ」

「しかし、古味様……橋を崩してまで、文太を葬らなければならない理由って、なんでしょうかねえ」

「さあな。そこんところは、これからだ」

「あの人が、やくざ者から狙われるような悪さをしているとは思えないけれど……」

吉右衛門が文太たちのいる座敷の方を振り返ると、古味は苦笑した。

「狙われる奴が悪い奴とは限るまい。いや、その逆だ。鱗三にとって不都合な奴なのかもしれぬな、文太は……ところで、あの女は誰だい。なんだか、いい仲のようだが」

渡り廊下と庭越しにふたりの姿を見ながら、古味が訊くと、吉右衛門も呆れたよう

に相好《そうごう》を崩し、

「さあ。私にもなんだか……『香琳堂』という香木屋の女将さんです」

「えっ、あの店の……そうなのかい」

吃驚したように古味は凝視した。

「ご存じですか」

「よくは知らぬが、主人が死んだとは噂に聞いたが……へえ、亭主が死んで間もないってのに、なんだかよう……」

忌々《いまいま》しげに古味は眉間に皺《しわ》を寄せた。

「いてて、そこは痛えよ、女将さん……あたた、あたた」

「じゃ、こっちはどうかしら。あはは」

お鍋と文太は何が楽しいのか、ふたりで笑い声を上げている。

そんな様子を――黒塀の節穴から見ていた目があった。

五

仙台堀川《せんだいぼりがわ》沿いの茶店に、圭七が駆け込んできたとき、鱗三はみたらし団子を頬張っていた。頬に傷がある強面と甘い物が不釣り合いなのか、他の客がチラチラと見ていた。

「何かおかしいかい」

鱗三が野太い声を客にかけると、みんな目を伏せた。

「ちっ。まったく世の中の奴ら、顔で人を判断しやがる。甘党で悪いか」

ひとりごちる鱗三に、圭七が慌てた様子でひそひそと言った。

「妙な風向きになってきやしたぜ、兄貴……」

ハッキリと兄貴と呼んだ。自身番に詰めている番人が、ならず者と兄弟杯《さかずき》を交わしているようだった。しかも、番人の方が弟分ということは、江戸の治安によくない。

「なんだ。奴はまだ生きてるのか」

「悪運が強いって奴で……助けた爺さんは、高山っていう小普請旗本の用人かなんかのようで、そこに担ぎ込まれて手当てを受けたようでやす」

「その爺さんも只者《ただもの》ではなさそうだな」

「へえ。で、話はこっからでやす……屋敷の様子を見てたんですが、古味の旦那と岡っ引の熊公が訪ねてきたんですよ」

「なんだと?」

「話してる内容は分からないけど、その爺さんとは何やら、深刻そうな話をしてやした。もしかして、俺たちのことに気付いたんじゃないんですかねえ」

「どうして、そう思う」

鱗三は団子を平らげてから、串についている甘垂れも下品に舐め尽くした。

「だって、おかしいじゃないですか……火の見櫓から落っこちただけで、町方同心が来るなんて……同心てのは事件がなきゃ動きませんからね」

「なるほど……」

「で、吉右衛門って爺さんなんですがね、奴は二度も文太のことを助けてます。たまたまかもしれやせんが、それにしちゃ、あの年で鮮やかな身のこなしだ。兄貴も見てたでしょ、あの爺さんがすぐに川に飛び込んだのを」

「ああ……」

「それだけじゃねえんです。肝心な話はこっからです」

圭七はさらに声を潜めて、鱗三の横に移って耳元に囁いた。

「あの『香琳堂』の女将が、その屋敷に来て、大怪我している文太の面倒を見てたんですよ。これって、妙でやしょ」

「なんだと……！」

　何本目かのみたらし団子を食べた瞬間で、鱗三は喉《のど》が詰まりそうになった。その背中をトントンと叩きながら、圭七は言った。

「あの女房は〝天真爛漫《てんしんらんまん》〟だから、亭主の事故のことなんぞ何も疑ってないと思ってたが、案外、筋金が通ってる奴かもしれねえ」

「とても、そうは思えねえが……文太に近づいたとなりゃ、用心するに越したことはねえようだな。万が一、こっちのことがバレそうになったら……仕方がねえ。ふたりまとめてってことも……」

「厄介な事になってきやしたね……どうしやす、あの御仁にも報せておきやすか」

「いや。下手《へた》に動くと余計、足がつくし、こっちの身すら危なくなる」

「ですね……」

「とにかく、おまえは高山とやらの屋敷から目を放すな。何かあっても、自身番の番人なんだから、御用の筋だと言い張れ」

　鱗三の目が忌々《いまいま》しい感じで歪んだ。それを横目で見ていた客が、「ひいっ」と悲鳴を上げて店から飛び出ていった。

その頃——和馬は京橋富島町の『香琳堂』に来ていた。

香木を扱っているだけあって、店構えは小さいながら落ち着いた雰囲気で、客筋も上品な感じで、武家や商家の奥方の姿もあった。無粋《ぶすい》な和馬には場違いだったが、たしかに馥郁《ふくいく》たる香りには癒《い》やされた。

「この度《たび》は色々と、ご面倒をおかけしました……」

番頭の幸兵衛は申し訳なさそうに謝った。どうやら女将のお鍋が高山家に出向いたことを知っているようだったが、和馬の方は知らない話だった。

「あ、そうだったのか……いや、訪ねたのは他でもない」

神妙な顔つきになった和馬を見て、幸兵衛の方が不安になってきた。

「亡くなった主人のことだ」

「あ、はい……どういったことでしょうか」

「実はこの『香琳堂』によく出入りしている知り合いの旗本がいてな」

「はい。どちら様でしょうか」

「遠山左衛門尉様だ」

「えっ、北町の……はい。さようでございます。ここからだと呉服橋御門《ごふくばしごもん》内のお奉行所も遠くはありませんので、お届けに上がることも……ですが、大概《たいがい》は御家中の方が受け取りにいらっしゃいます、はい」
「その遠山様に話を聞いてみたのだが、どうも釈然としないことがある」
「何でございましょう」
「他にも何人もの旗本が『香琳堂』の客だそうだが、香道を楽しむ一方で、珍しい香木を大層な値で転売をしている者もいるとか」
「え、そうなのですか……」
「そのことが御法度《ごはっと》なわけではないが、たとえ嗜好品《しこうひん》であったとしても、町奉行所としては物価の安定を保つ役目があるため、市中取締諸色調掛《しちゅうとりしまりしょしきしらべがか》りや諸色値上掛りらに調べさせたところ、何人かの旗本が、仕入れた香木を売って儲けていた節があるそうな」
「はあ……」
「しかも、その旗本の中には、私が世話になっている小普請組の組頭などもいた……微禄ゆえな、金を儲けたい気持ちは分かるが、武士として如何なものかとな」
　和馬が武士の矜持《きょうじ》を持ち出すと、幸兵衛は心当たりがあるのか、しばらく俯いて考えていたが、意を決したように、
「――では、これをご覧下さいませ」

と一旦、奥に行き、薄い帳簿を抱えて持ってきた。

差し出された帳簿には、特別に売った香木と値段、相手の名が記されていた。

伽羅や沈香、白檀を始めとして様々なものが並んでいる。幸兵衛の話によると、〝六国五味《りっこくごみ》〟という分類があるらしく、伽羅、羅国《らこく》、真南蛮《まなばん》、真那賀《まなか》、寸門陀羅《すもんだら》・佐曽羅《さそら》という六種類の香りに、甘《かん》、酸《さん》、辛《しん》、鹹《かん》、苦《く》という五味を組み合わせて、複雑な香りを出すという。

「伽羅や沈香、白檀はそれぞれ、樹脂が長い歳月をかけて熟成され、良質の香材となります。元の木は軽いものですが、樹脂が沈着すると、水に沈むほどです……白檀の甘いけれども爽やかな香りは、高山様のお屋敷にあった仏像などもそうですよね」

「そうなのか……どうも俺は鼻の利き具合が悪くてな。で……この中に、思い当たる奴がいるというのか」

和馬が訊くと、幸兵衛は頷いて、

「お客様のことですので、私が話したとは表沙汰にはして欲しくないのですが……」

「分かってる。おまえの名も店の屋号も出さぬ」

「はい……小普請組組頭の別宮拓真《べっくたくま》様という御方ですが……」

「ああ、俺の組頭ではないが、よく知っておる。なかなか立派な人だがな」

「このお方は、私どもの主人、八右衛門と大層、揉めたことがございました。もちろん香木のことで、であります」

「うむ。何をどう揉めたのだ」

「蘭奢待というのを、高山様もお聞きになったことがあるかと存じますが、それは東《とう》大寺正倉院《だいじしょうそういん》にあった天下一の名香です。もちろん、私どもには決して手に入りません。これは伽羅ですが、沈香の一種で、紅沈香《こうちんこう》というのも、時の権力者たちが奪い合っていたといいます」

「紅沈香……知らぬ」

「ですが、こっちの方は意外と出廻っておりまして、うちもほんのわずかですが仕入れておりました。それをすべて寄越せと、別宮様が言ってきたのです」

「別宮様が……で、どうした」

「売りませんでした。主人は、転売目的の人かどうかを見抜くために、先程の〝六国五味〟の嗅《か》ぎ比べをするのです」

「嗅ぎ比べ……」

「香道を嗜《たしな》んでいるお方でしたら、多少の間違いはあっても、煙の匂いで香木が何か言い当てることができます。しかし、儲けるためだけに買う人には、それがあまり分かりません。ですから、自分で楽しむのか、売るのが狙いかを、主人はそれで判断していたのです」

「なるほど。では、別宮様は初めから金儲け狙いだったのだな」

「と思われます。特別な香木だと大袈裟にいえば、骨董《こっとう》同様、何倍、何十倍もの値で売ることができますから……」

「まるで騙《かた》りだな」

「おっしゃるとおりです。ですから、主人はそういう方には決して売りませんでした」

幸兵衛はそう言ってから、沈んだような顔になって、

「でも、別宮様はしつこかったのです……丸ごと一本寄越せなどと血相を変えて押しかけてきたこともあります。でも、主人はお断りし続けました……ですが、ある日、蔵から紅沈香が消えてました」

「――まさか、売ったのか……」

「いいえ。何者かに盗まれたのです……でも、主人はもしかしたら、別宮様の仕業《しわざ》ではないかと疑って、直談判に行きました。はい、私も同行しました……」

「で……」

「もちろん、関わりないことだと別宮様は言いました。けれども、紅沈香を別宮様から買った人がいるとの噂を聞きつけ、主人はまた問い質《ただ》しに行きました。ですが、相手にされません……」

「…………」

「そんな矢先です……主人が坂道を突進してきた大八車に轢《ひ》かれて死んだのは」

無念そうに唸《うな》る幸兵衛の顔に、和馬は同情のまなざしを投げかけた。

「──そういうことか……」

「はい……」

「そのことは、奉行所には相談しておらぬのか」

「一度、私が訴えに行きましたが、香木の件は相手にされませんでした。大八車の事故の方は一応、調べてはくれましたが……」

幸兵衛は首を横に振るだけだった。未だに大八車の持ち主も、そこに置いていた者も分からぬのは解《げ》せないと和馬も思った。

「そうか……辛い話を聞かせてくれて、礼を言う。何とか善処したい」

「あ、ですが、高山様……」

「分かっておる。決して誰にも言わぬ」

「そうではなくて、女将さんにもこのことは……でないと、事故と思っているのに、もしかして殺しだなんてことになると……後追い心中をしかねませんし……」

心配性なのか、幸兵衛は必死に訴えた。だが、和馬は頷きながらも、

「それは大丈夫だと思うぞ。女は強いからな」

と言って腰を上げるのだった。

六

三、四日、文太は高山家に世話になっていた。その間、お鍋はまるで通い妻のように、介助するために来ていた。
すると、いつもの炊き出しなどに集まってくる貧しい人々や子供らの姿を見て、お鍋は感心して驚いた。和馬も吉右衛門も、決して裕福ではないのに、惜しげもなく面倒を見ていることが新鮮だったのだ。

よく立ち寄る大工の角蔵《かくぞう》や太助《たすけ》らも、

「文太さんとやら、あんたは運が良かった。二度もご隠居さんに助けられたとは、尋《じん》常《じょう》じゃねえ。拾った命、大切にしな」

と励ました。

千晶も連日、診《み》に来て、文太の怪我の手当てをした。なんだかんだと言いながら、面倒見のいい女なのだ。

なんとか立ち上がることができるようになった文太は、自分の長屋に帰って、しばらく療養することとなった。当然のように、お鍋がついていって、生活の手助けをした。

長屋のおかみさん連中は、とうとう独《ひと》り者の文太にも嫁が来たのかと喜んだ。お鍋は特に否定をしなかった。

「――申し訳ないなあ……あんたみたいな親切な女、俺は初めてだ」

「あら、そうかしら。よく見れば、役者のようないい男じゃないですか。本当は沢山《たくさん》の女の人を泣かせたんじゃありませんか」

「だったら、こんな所で腐っちゃいねえよ」

文太は相手が話しやすいお鍋だからか、少しばかり愚痴《ぐち》を言った。

「ご覧のとおり、俺は目が悪くてよ……それに生まれつき、あまり器用じゃねえし、学問てのも苦手《にがて》だし、二親は早くに死んじまうし、頼れる兄弟もいねえし、本当に何のために生きてるんだろうって思ったこともあるよ」

「そんなこと……」

「いやいや。大店《おおだな》の女将さんには分からないかもしれないが、俺なんか、世の中の何の役にも立ってねえよなあって」

「立ってるわよ」

「え……」

「だって、毎日毎日、必要な物を欲しがっている人の所に届けてるんでしょ」

「まあ……けど、そんなの俺じゃなくたって……実際、怪我している間に別の誰かが、売り歩いてるじゃないか」

「でも、文太さんが行かなかったために、困っていた人もいると思いますよ。それに、誰かが言ってましたけど、ご隠居さんに貰った命なんですから、大切にしないと」

励ますようにお鍋は言うと、文太はそれには深く感謝していた。

「たまたま、ご隠居がそこにいなければ死んでたかもしれないしな」

「ええ。そして、私と会ってなかったかもしれない……」

少し恥じらうように、お鍋は微笑んだ。

「そういや、そうだな……」

「人の縁て、何処に転がっているか分かりませんね。でも、今生《こんじょう》で会えたというのは、絆《きずな》があったから……きっと、あなたと私は前世では夫婦だったんですよ」

「また、その話かい。アハハ、女将さんのように考えると、なんでもいい方に転がりそうだな。俺も素直に会えて嬉しいよ。でもよ……」

「でも……？」

「亡くなったとはいえ、惚れ合った亭主がいるじゃないか」

しんみりした文太に、小首を傾げながら、お鍋は呟くように、

「さあ、どうかしら……算盤《そろばん》を弾いたら、得だと判断しただけかもね」

と言った。

「私も初めて愚痴を言いますけどね、小さな商売をしていた二親は、『香琳堂』から結構なお金を借りていたんです」

「そうなのか」

「ええ。だから、私は半《なか》ば無理矢理、嫁に出されました」

「他に好きな人でもいたのかい」

「そういう訳じゃないけど、この人じゃない……って感じてました。不思議でした。『香琳堂』といえば、色々な所から嫁の来手《きて》はあったはずなのに、なんで、私みたいなオカメなんかって……」

「オカメじゃねえって」

「働き者の女房が店を切り盛りしてくれた方が、店は安泰。自分は好きなことをして遊べるって、亭主の方も算盤を弾いてたんです。だから、余所《よそ》に女を作ったりしてた」

「いや、それも違うと思うけどな……お鍋さんの良さを知ってたからこそだぜ、きっと」

「ありがとう……でもね。私は下働きの女同然だったのよ。だって、寝床で私に手を出したことなんて、まったくないもの」

「えっ。そんな……！」

「子供でもできれば、私も母親として幸せになれるかなあって思ってたけれど、子宝に恵まれるはずもなく……実は外の女には赤ちゃんがね……」

「そうなのか……」

「いずれ、その子が店の跡取りになると思うし、私は……」

お鍋は初めて悲しそうに唇を嚙みしめて、泣き出しそうな顔になった。

「大丈夫だよ……もし、そうなったら、俺の所にくればいい」

「…………」

「お鍋ひとりでくればいい」

「文太さん……」

「そしたらよ、こんな体《てい》たらくじゃいけねえな」

思わず、お鍋は文太に抱きついた。文太もひしと抱きとめたが、次の瞬間、

「あたた。イタタタ……」

と腰の辺りを捩《よじ》って、猛烈に痛がった。お鍋はすぐにさすったが、ふたりとも泣いているのか笑っているのか分からない、ぐちゃぐちゃの顔だった。

その時である。

「火事だ！　火事だぞう！」

表で大声が上がり、ざわついた物音が起こった。すぐ近くで半鐘が鳴らされる音がして、長屋の人々の慌てた声も聞こえる。

「逃げろ。火が広がるぞ。そんなものは持っていかなくていいから、逃げろ！」

あっという間に、鬼気迫る大勢の声が飛び交ってきた。

「——火事……何処だろう……近くみたいね」

お鍋が慌てて表戸を開けようとすると、心張り棒でも掛かっているかのように動かない。何度、引いても開かないので、裏手の障子戸を開けようとしたが、これもびく

ともしない。まるで壁のように動かない。

「どうなってるの、文太さん……」

「開かないのかい」

「ええ。どうやっても……何か変……外から釘でも打たれてるみたいに……」

その時、ボワッと炎が障子を突き破るように入ってきた。思わず後ろに飛び退《の》いたお鍋の着物の袖に、火が移るほどの勢いだった。すぐに袖の火は消えたが、四方の壁もメリメリと炎に包まれるような音がする。

部屋の外から、誰か住人の大声がする。

「文太さん！　いるんだろ！　早く逃げろ！　でねえと長屋が潰れるぞ！　炎が屋根に広がってるぞ！」

乾燥していたせいか燃えるのが早い。火の手はあっと言う間に、貧しい長屋の周辺を覆い尽くして大きくなった。炎と煙が竜巻のようになって、文太の部屋の中にもメラメラと侵入してきた。

「――ゴホゴホ……お鍋さん……逃げろ。早く、逃げろ……」

「でも、閉まってるんです。どこも……」

九尺二間《くしゃくにけん》の狭い長屋の一室など、ひとたまりもない勢いの火事のようだ。火事場の馬鹿力が出そうなものだが、まだ足には添え木などもしている文太は、ろくに身動きができなかった。

「誰か！　誰か助けてくれえ！　俺はいい！　お鍋さんを助けてやってくれえ！」

文太が声の限りに繰り返し叫んでいると——ガタンガタンと音がして、壁を破って飛び込んできたのは、吉右衛門だった。右手には大きな木槌《きづち》を握っており、左手には水桶を持っている。

吉右衛門はいきなり文太とお鍋に水を掛けると、

「お鍋さん。さあ、隣へ」

と壊した壁の向こうに無理矢理、押しやった。そして、文太を背負うと、自分も壊れかけた壁を蹴散らすようにして、迫りくる炎を避けるように逃げ出すのだった。

途端《とたん》、ドスンドスンと屋根が落ちた。

そこに町火消の鳶《とび》たちが駆けつけてきて、竜吐水《りゅうどすい》をかけたり、大鎚で柱や梁《はり》などを叩き壊したりしながら、消火に取りかかった。さすがに町火消の働きは威勢がよく、さほど時を経ずして、すべて鎮火した。

近くの火除《ひよ》け地まで、吉右衛門は文太を背負ってきた。それに寄り添って、お鍋もついてきて、地面にへたばるように座った。

そこに――心配そうに長屋の者たちが近づいてきた。

「大丈夫かい、文太さん」

「危なかったなあ……なんで、こんなことに……」

「火元はおまえんちのすぐ裏だってよ」

「こいつは付け火だぜ」

「ああ。今、町火消の連中が調べてるぜ。どうも煙が油臭え」

「それにしても、おまえよ。嫁を貰ってたんなら、先に言えよ」

などと、みんなは安堵しながら無事を喜び合った。大勢が心配してくれて、文太は泣き出しそうになった。

「――俺……生きてていいのかなあ……」

そんなことを言う文太に、お鍋もまた涙ぐんで、強く抱きついた。

「――ご隠居さん……また助けてくれたね……あんたは、みんなが言ってたように、本当に福の神だよ……」

文太が側《そば》にいる者を見上げると、吉右衛門だと思っていたのは、若い町火消だった。安堵したように笑って、

「間に合って良かった……ちょっと遅れてたら、屋根の下敷きだった……」

と言った。

「おおい……大丈夫かい……おおい……」

見やると、吉右衛門がひょこたんひょこたん小走りで来ているのが見える。

「きっと、ご隠居が遣わしてくれたんだな。今の火消はよ」

微笑《ほほえ》む文太に、お鍋も笑いながら何度も頷いていた。

七

小普請組組頭・別宮拓真の屋敷は、高山家と同じ本所の菊川町《きくかわちょう》にある。

和馬の屋敷よりも少しばかり大きいが、大した違いはない。だが、玄関の中に立てられている衝立《ついたて》、江戸城中かと思われるような立派な襖絵《ふすまえ》、枯れ山水を模した庭に、廊下には幾つもの高そうな松の盆栽などが、所狭しと並べられていた。

もう五十の坂はとうに超えている別宮は、旗本としての職務よりも、余生を楽しんでいるように見えた。無駄に肥《ふと》った腹には、夜毎《よごと》、贅沢《ぜいたく》な食べ物と酒が入っているに違いない。

その前には、バツが悪そうに鱗三が座っていた。

「で……儂《わし》に何をどうしろと言いたいのだ」

迷惑なことは御免だぞとばかりに、別宮は鱗三を睨んだ。

「へえ、それが……また仕留め損ねたもんで、へえ……」

「文太という輩のことか」

「悪運が強いというか……何度も助けられましてね……今度は長屋の外から、板を打ちつけて逃げられないようにして、火をつけたんでやすが、意外と早く町火消が……」

言い訳をする鱗三に、別宮はいきなり飲んでいた杯を投げつけた。咄嗟《とっさ》に避けた鱗三に、別宮はさらに腹が立ったように、

「バカか、おまえは」

「申し訳ありやせん。でも……」

「もういい。二度と、俺の前にその面《つら》を見せるな。この屋敷に、おまえが来たというだけで、町方に怪しまれる」

吐き捨てるように別宮は言ったが、鱗三は両手をついて、

「此度《こたび》は、『香琳堂』の女将も一緒にいたんです。圭七の話によると、どうやらふたりは馴染みになったようで、だったらいっそのことふたりとも始末した方が後腐《あとくさ》れが

ないと」

「…………」

「お鍋の方も、何やら調べていた節もありやすし……別宮様もご存じの高山和馬って旗本も関わってるので……」

「なに、高山が……」

余計に面倒臭いことになったなと、別宮は顔を顰《しか》めた。

「奴は北町の遠山様となぜか通じている。屋敷が近くだってことだが、それだけではあるまい。これまでも、ちょっとした事件では高山が裏で動いていた節がある」

「そうなんで……？」

「我々、小普請組の間でも、遠山様の密偵ではないか……という噂だ」

別宮が苛々《いらいら》と徳利のまま、酒を呷《あお》った。

「あいつまでが動いていたってことか……とすれば、奴はすべて気付いているってことかもしれぬな」

「すべて……」

「うむ……この際、高山を消せ」

「えっ」

驚く鱗三に、別宮は事もなげに言った。

「事故や火事なんぞに見せかけなくていい。おまえがその手でグサリと匕首《あいくち》か何かで、刺し殺せ。下手《へた》な小細工は通じぬ」

「でも、それは……」

「なんだ。元は寅五郎一家の四天王といわれた腕っ節だろうが。あれこれ策を弄《ろう》するから失敗するのだ。文太なんぞという三下《さんした》、辻斬りにでも見せかけて殺しておけば、済んだ話ではないのか」

吐き捨てるように言う別宮に、鱗三は遠慮がちだが反論した。

「ですが、万一のことを考えて、事故に見せかけろって命じたのは、旦那ですぜ」

「さよう。だが、失敗ばかりだ。策を変えるのは当たり前だ、間違ったならな」

「――でも、そもそもの間違いは、旦那じゃございませんか」

「なんだと……」

ギラリと睨みつけた別宮に、鱗三はここぞとばかりに言った。

「紅沈香が欲しいばっかりに、俺たちに泥棒の真似までさせた。そのことで、八右衛門が旦那を疑ったから、事故に見せかけて始末をした……そこで終わってたらまだい
い」

「…………」

「旦那が富岡八幡宮《とみおかはちまんぐう》で、その話を俺たちにしていたところを、物売りの文太が見ていた。だから、念のために殺せと命じたのは、旦那じゃありやせんか……ぜんぶ、俺たちのせいにするってんですかい」

「今度は泣き言か……」

「文太は、旦那の顔を見てないと思いやすよ……あいつは極端な近目《ちかめ》でね。しかも、薄暗い時だったから、見えてやせんよ」

「…………」

「それを、しつこく殺せと……まあ、いいでしょ。済んだことだ。でもね、旗本を殺せってのは勘弁して下さい」

「金なら、あるぞ」

　懐から十両ほどを出して、鱗三の前に投げ出した。

「御免です……てめえの恨みで人を殺すならまだしも、旦那の尻拭《しりぬぐ》いのために危ない目に遭うのは、もう御免でさ」

「…………」

「狙った文太が死ななかったのは、これ幸い……万が一、バレたとしても殺してないんだから、お咎めはなしでしょ」

「八右衛門を殺したのは、おまえたちだがな……」

「もう大八車の事故だと片付いた事件です。それを蒸《む》し返すってんなら、旦那の名も出すだけですよ」

「――そうか……そこまで言うなら、仕方があるまい。こっちも危ない橋を渡るのは御免だ。おまえの言うとおり、これまでの縁にしてやるよ。それは〝手切れ金〟だ……ぜんぶ持っていけ」

諦めたように別宮が言うと、鱗三は勝ち誇ったような顔になって、

「さいですか。では遠慮なく、口止め料ってことで、ありがたく戴いておきます」

と小判を拾い始めた。

その鱗三に、別宮はいきなり脇差しを抜き払って斬りかかった。思わず躱《かわ》そうとしたが、鱗三はガッと肩口を斬り裂かれた。

ジャラジャラと小判が床に落ちて弾けた。

「て、てめえ、やりやがったな！」

「誰かおらんか！　不逞《ふてい》の輩が押し入ってきたぞ！　誰かおらん！」

叫びながらも、別宮はさらに脇差しを鱗三に打ちつけようとした。止《とど》めを刺して殺

すつもりである。だが、あくまでも賊を退治するという体裁を取りたかったのだ。

「誰かおらん！」

その時、襖が開いて入ってきた羽織姿の家臣――は、和馬だった。

「これは、お見事！　別宮様！」

「な……なんだ……おまえは、高山ではないか……」

「はい。そこな鱗三なるならず者は、別宮様もよくご存じの香木屋『香琳堂』の主人、八右衛門を事故に見せかけて殺した疑いがあります。そして、女房のお鍋まで、火事に見せかけて殺そうとしました」

「！……」

「さすがは、別宮様。このならず者に一太刀浴びせ、よくぞ捕らえてくれました。別宮様には、お怪我はございませぬか」

白々《しらじら》しく訊く和馬だが、別宮は言葉を失っていた。

そこに、古味を先頭に、捕方が数人押し入ってきて、肩の刀傷で血だらけの鱗三を容赦なく縛り上げた。

和馬はあくまでも丁寧な口調で、

「町方同心を踏み込ませたのは、私の判断でございます。先刻、付け火をして、お鍋と文太なる者を殺そうとしたのですが、そやつが別宮様の屋敷に忍び込んだので、何かあってはいけないと、火急に踏み込んだ次第。どうか、ご容赦下さいませ」

「……………」

「鱗三の手下をしていた自身番番人の圭七という者も、私の屋敷を探っていたので、捕らえております。此度のことは、評定所《ひょうじょうしょ》にて私もお詫び申し上げますので、平《ひら》に平に……」

わざとらしく謝っている間に、喚《わめ》き散らしている鱗三は、古味らに連れていかれた。だが、別宮は呆然と脇差しを手にしたまま立ち尽くしていた。

「——別宮様……大丈夫ですか」

声をかけた和馬に、別宮は声を荒げて、

「もうよいッ。貴様の顔を見ると虫酸《むしず》が走るわい」

「さようですか。では、改めて出直します。どうぞ、お覚悟をしておいて下さい」

深々と頭を下げて、和馬はその場から立ち去るのであった。この直後、別宮がすべての責めを負って、評定所にて処分されたのは語るまでもない。鱗三と圭七も獄門に晒されることとなった。

数日後——。

『香琳堂』には、お鍋と並んで、文太の姿があった。

　小さな器から出てくる香りを嗅ぎながら、どんな香木を焚《た》いているのか、言い当てているのである。その見事な命中ぶりに、幸兵衛も目を丸くしていた。

「何処で覚えたのですか……失礼ながら、香道とは縁がなさそうですが……」

「へえ、まったくないですよ。鰻《うなぎ》の蒲焼きの匂いを嗅ぎながら、飯を食うことなら、いくらでもやったことありますがね」

「また冗談ばっかり……」

「本当ですよ。でもね、あっしは目が悪いぶん、一度、嗅いだ匂いは忘れません。だから、さっき嗅いだものは、この鼻が覚えてるんでやす。ほんと、真面目な話が」

「犬じゃないんだから……」

　横合いから軽く、お鍋が肩を叩いたが、文太は真剣な顔で、

「いや、本当だってばよ。だから、お鍋さんの匂いだって、何処にいたって見つけることできると思うぜ」

　と大笑いすると、吉右衛門がぶらりと入ってきた。

「実に楽しそうですなあ。私も久しぶりに香木とやらを楽しんでみましょうかな」

「これは、ご隠居様、ありがとうございます。ええと、あなた様はこう見えて、意外

と気遣いの多い方ですから、心を平静にするために、そうですな、この麝香《じゃこう》の……」

と言いかけた文太に、吉右衛門はもうよいと手を振った。

「すっかり主人面《づら》しているではないか。まずはしっかり修業をなさい」

「あ、そうですね」

文太は自分のおでこを叩いてから、お鍋の隣にまたチョコンと座った。

「まさに破鍋《われなべ》に綴蓋《とじぶた》だな」

「お鍋に、文太か……ご隠居さん、うまいこと言うじゃねえか」

「——自然の五倫《ごりん》は、祖父母に父母に吾《われ》に子に孫に各々《おのおの》夫婦にして、ひとりにして五人なり。また、穀《こく》の精神、自《ひと》り、見《あら》われ、男女と生《な》り、終《しまい》に感合《かんごう》して子を生《う》む」

「はあ……？」

「いずれも、安藤昌益《あんどうしょうえき》という偉い儒学者が言ったことだが、ま、要するに夫婦和合して、子作りに励むのが、国を栄えさせることじゃ……頑張れよ、わはは」

吉右衛門は祝福するかのように大笑いした。

むろん、お鍋は、亭主が殺されたのは知らず、文太も、その事件に関して命を狙われていたことを知らない。不思議な縁《えにし》だが、これもまた前世からの契りかもしれぬ。

第二話　雀の縄張り

一

　薄暗くなった小雨の中を、手代風の男が何かを胸に大切にそうに抱えて歩いていた。不惑《ふわく》の年くらいであろうか、いかにも真面目そうな顔だちで、おおよそ罪とは縁がなさそうな男だった。

　男の行く手に『醬油《しょうゆ》・野田屋《のだや》』の軒《のき》看板があった。それこそ醬油が染み込んだような年季の入った看板である。間口《まぐち》数間の店だが表戸は閉まったままで、人の気配はなかった。

　だが近づくにつれ、表戸の隙間から微《かす》かに行灯《あんどん》あかりが洩れているのが分かる。近づいてきた男は潜《くぐ》り戸をドンドンと叩いて、った。

「弦兵衛《げんべえ》さん。俺だ。柾吉《まさきち》だ。約束の金、持ってきたよ」

と声をかけると、中から心張り棒を外《はず》すような音がして戸が開《あ》いた。

顔を出したのは、これまた実直そうな初老の商人で、苦労をしたのか頰が瘦《こ》けている。やつれた声で、「よく来てくれたね」と中に招かれた柾吉は、人の気配に振り返った。

部屋の片隅には壁に凭《もた》れるようにして、三人の人相の悪い男がいた。どう見ても遊び人の類《たぐい》で、派手な縞《しま》模様の着物で手には匕首《あいくち》をちらつかせている。

「あっ……」

柾吉は思わず喉《のど》を鳴らしたが、弦兵衛は申し訳なさそうに頭を下げるだけだった。代わりに遊び人の兄貴格が近づいてきて、柾吉が胸に抱えている袱紗《ふくさ》に手を伸ばしてきた。思わず柾吉は身を引いて、

「これで、もう二度と『野田屋』には……弦兵衛さん一家には、手を出さないで下さいますよね」

と問い質《ただ》した。

相手は脅すように鋭く目を細めて、

「おいおい。俺たちゃ、手なんぞ出したことはねえぜ」

と猛犬が唸るように言った。

「では、先に借用書を弦兵衛さんに返してあげて下さい」

「――おい」

兄貴格が顎で指示すると、子分のひとりが懐《ふところ》から借用書を出して広げて見せた。柾吉は確認すると、弦兵衛に受け取るように目顔《めがお》で頷いた。同時に、柾吉は大切そうに持っていた袱紗《ふくさ》を、兄貴格に渡した。

それを開いた兄貴格は、満足そうに口元を歪めた。封印小判が二つある。

「金さえ、返《けえ》して貰えば文句はねえよ。ご苦労だったな」

ニンマリと笑う兄貴格に、険しい顔のまま柾吉は念を押して、

「借用書には利子を含めて四十七両と二分。おつりをくれとは言いません。手数料としてお渡ししますから、本当に絶対に弦兵衛さんには関わらないように……」

「しつけえな。人から金を借りれば返すのが人の道だろうが。こうして返して貰ったんだから、二度と取り立てには来ねえよ。他に借金がない限りな」

兄貴格は封印小判をぞんざいに懐に入れると、子分たちに「おい」と声をかけて、何事もなかったかのように出ていった。

途端、弦兵衛はその場にへたり込んだ。奥からは、心配そうに内儀と十五、六の娘

が出てきて、弦兵衛に抱きついた。

「申し訳ありません、柾吉さん……本当にありがとう。助かりました」

内儀は両手をついて礼を述べたが、柾吉はとんでもないと首を振りながら、

「よして下さい、おかみさん。この『野田屋』と弦兵衛さんがあればこそ、俺たちの暮らしは成り立ったんだ。町の者はみんな、そう思ってるよ。だから、町会所《まちかいしょ》からもこうして、金が出たんだ……いや、元々は弦兵衛さんの金じゃないか。遠慮なんかすることはありませんよ」

と丁重に言った。

柾吉は、本所菊川町の町会所手代で、七分積金《しちぶつみきん》などの金を担当している。

七分積金とは、向柳原《むこうやなぎわら》にある「江戸町会所」に、江戸八百八町から集められる積立金のことである。その額、毎年、二万両から四万両もあり、勘定奉行と町奉行の支配下にあった。そして、勘定所御用達《ごようたし》の両替商、町名主、地主らの中から任命された〝座人《ざにん》〟によって、運営されている。

その金のほとんどは、火事や天災、疫病《えきびょう》が広がったときの〝臨時御救《おすくい》〟として使われたが、平時にあっては貧しい者たちへの給付も行われていた。また、蓄積された金は、商売人などへの資金調達として、低金利で貸し付けもしていた。つまり、何十

万両もある〝留保金〟は運用されていたのである。

もっとも、これは江戸町会所という町年寄が直接、関わる江戸全体のもので、柾吉が手代として働いているのは、町名主支配の小さな会所である。それでも、大きな町になれば、年に千両や二千両もの金が動く。ほとんどは商家による寄付で成り立っているので、大店《おおだな》の多い町は裕福である。

ここ菊川町は武家地がほとんどで、それを取り囲むように町場は形成されてはいるものの、日本橋《にほんばし》や神田《かんだ》のような大店があるわけではない。また深川にあるような、江戸の経済を支える材木問屋が並んでいるわけでもない。

だから細々としたものだが、纏《まと》まった金を扱っている手代の身としては、人様から預かっている金ゆえ、毎日が針の筵《むしろ》に座らされているような気分だった。それほど町名主にも町人にも信頼された人が、手代として雇われていたのだ。

「この町の人たちが飢えることもなく、火事や地震があったときも、当たり前のように暮らせたのも、『野田屋』さんが沢山《たくさん》の寄付をしてくれたお陰だ。感謝しているのは、こっちですよ」

柾吉は手を上げてくれと内儀に言った。

「すまないな、柾吉さん……」

改めて礼を言いながら、弦兵衛は柾吉の手を握りしめた。

「本当に助かったよ……これで、娘のおせんも身売りをせずに済む」

「…………」

「まだ十六なのに苦界《くがい》に放り込ませずに済んでよかった」

弦兵衛が言うと、内儀と娘も抱き合って泣いた。そのふたりの姿を見て、柾吉も心から安堵した。自分には子がおらず、女房しかいないが、大切な娘を救えることができて、本当に喜んでいた。

「これからは、どんなに困っても、あんな輩《やから》に借りてはだめですよ」

「ああ、そうするよ」

「そのために、弦兵衛さんら大店が金を出し合ってくれた、町会所の金があるんじゃないですか。遠慮なく借りればいいんです。いや、返してくれと言ってくれれば……」

「そうはいかないよ。でも、ありがとう。これからは気をつけるよ。でないと、鮫蔵《さめぞう》みたいな……さっきの連中だがね、ああいうのが現れて、こんな目に遭わされる」

ほっとしたのか弦兵衛は商売の立て直しをしたいと言いながらも、正直なところ、お先は真っ暗な様子だった。

　弦兵衛が悪いわけではない。先頃あった地震のために、醬油蔵が壊れて、大きな樽も割れ、醬油が掘割《ほりわり》に流れ出てしまった。代々、醬油蔵を営んでいたが、その酵母《こうぼ》や〝ダネ〟も一緒にぜんぶ無になってしまった。

　それだけではない。掘割が醬油で汚れただの臭いがきついだとの近隣の住人から文句が出て、その弁償にもかなり金を使うことになった。菊川町のことだけならば、さして問題はなかったのだが、隣接する町々にも迷惑がかかったと、弦兵衛は無理をして弁済したのである。それが借金のもとだ。

「とにかく、何もかもひとりで抱え込むのはよくない。俺だって、少しは世間の役に立つ人間になったつもりだ」

「ああ、そうだともよ。違いない」

「しょうもない悪ガキの俺を、ここまで育ててくれたのは弦兵衛さん、あなただ。だから、弟だと思って、これからは……」

　切実に慰める柾吉の手を、弦兵衛はもう一度、強く握りしめて、

「分かったよ。ありがたいことだ……ちょいと前までは、百両や二百両くらい、どうにでもなると思ってたが……まさに禍福《かふく》は糾《あざな》える縄の如しだな……」

　と言いながらも深々と頭を下げた。

泣いていた内儀と娘も安堵したのか、顔色が少し良くなってきていた。

だが、翌日――。

柾吉が様子伺いに来ると、弦兵衛たち一家の姿はなかった。書き置きひとつ残さないまま、夜逃げ同然にいなくなったのである。

だが、柾吉はまた何か事件に巻き込まれたのではないかと心配になって、自身番に届け出た。丁度、北町奉行所の定町廻り同心の古味覚三郎と岡っ引の熊公がいたので、昨夜の事情を粗方《あらかた》、話しておいた。

熊公は一応、鮫蔵の身辺を当たり、店の中も調べたが、特に事件に繋がるようなことはなかった。そして、帳場《ちょうば》の手文庫の中に、

『長い間、町の皆様にはお世話になりました。醬油蔵が破損したことにより、商売を続けることは難しく、親子三人、食い扶持《ぶち》を探すために、とりあえずは下総《しもうさ》の親戚を頼ってみようと思います。ありがとうございました』

と短い文が残されていた。

柾吉が確認すると、たしかに弦兵衛の文字であった。

「なんだよ……それならそうと、昨夜《ゆうべ》、話してくれたらよかったのに……当座の金だって渡してあげたのに……」

これ以上は迷惑をかけられないという弦兵衛の思いは、ひしひしと伝わってきたが、柾吉はやりきれない気持ちになってきた。

二

その数日後のことである。

菊川町に隣接する深川西町《にしちょう》の長屋から火の手が上がり、近くの武家屋敷なども巻き込んだ火事騒ぎが起こった。

まるで夜逃げした『野田屋』を狙ったかのように、飛び火が来て、あっという間に燃えてしまった。

もし、弦兵衛一家がそこで寝ていたら、巻き込まれて死んでいたかもしれないと、柾吉は思った。だが、到底、喜べることではなく、ますます気持ちが塞《ふさ》ぐ柾吉だった。

すぐさま、町会所から金が出て、火除《ひよ》け地や寺社の境内などで、炊《た》き出しが行われた。もちろん、いつものように高山家の屋敷でも、焼け出された人々が集まって、お互いを慰めあっていた。

こういう場合、火事に被災して仕事もできない人には、疫病が流行《はや》ったとき同様、見舞金として、ひとり当たり日に二百文から三百文が出る慣わしになっている。

町名主の指示により、金は町会所から、地主や家主、長屋の大家らに渡り、そこから各家に均等に行き渡る。その大元締めは町名主だが、現場を取り仕切って差配をするのは、柾吉ら手代である。事前に打ち合わせて、檀家帳《だんかちょう》などをもとにして、分配金を決めていくのだ。

その見守役は一年の任期で、信頼された人ふたりが交替で行う。いわば、正しく運用されていることを見定める〝監査役〟である。

菊川町の町会所見守役として、吉右衛門が選ばれたのは、つい先頃だった。

主人が高山和馬であることは、近所の人は誰もが承知しているし、深川診療所の維持に貢献していることも感謝されている。何より、色々な事件があっても、なんとなく解決してきている吉右衛門のことを、〝福の神〟と親しみを込めて言う人も多い。

それで、信頼されてのことであろう。

この日——。

見舞金を配り終えた後、帳簿と金庫の金を確認した吉右衛門は、「おや」となった。

明らかに五十両、不足している。しかも、ピッタリ五十両である。

何かの間違いかと思って、何度か算盤《そろばん》を弾いたが、やはり合わない。

「すみません、柾吉さん」

吉右衛門が声をかけると、帳場で仕事をしていた柾吉はすぐに振り向いた。

この会所は元々、川船番所だった所なので、土間と上がり框《かまち》の内側の板間、そして八畳座敷があるだけだ。寄合があるときは手狭な感じがするが、ふだんは二、三人しかいないので不自由はない。

「これ……どんなもんでしょうかねえ」

遠慮がちに、吉右衛門は帳簿を見せて、金庫にある金と合わないと告げた。

「丁度、五十両なんですがね。帳簿が間違っているのか、元々ある金を数え間違えているのか……私には調べようがありませんので。ええ、始めたばかりですのでね」

読み書き算盤が得意で、四書五経《ししょごきょう》に通じるほど学問に詳しく、剣術や柔術はもとより、料理や大工仕事、裁縫《さいほう》から庭木の剪定《せんてい》など何でもござれの吉右衛門のことだから、本当は何処《どこ》に不備があるのか見抜いているはずだ。が、何か思惑があったのか、

「よく分からないのですが」

と先輩を立てるかのように、尋ねた。

柾吉はその名前のとおり、まっすぐ筋目があり、曲がりも反りも伸縮もない態度で、帳簿を見ながら、

「――後で調べておきます。そこに置いておいて下さい」

と答えた。

「いやいや。後で調べるのは結構ですがね、監査をするのは私ですから、どちらが正しいかを確かめておきたいのです」

「え……」

少し困惑したような柾吉は、もう一度、振り返った。

吉右衛門はニコリと微笑《ほほえ》みかけて、帳簿を指し示しながら、丁寧《ていねい》に話しかけた。

「ごらんのように帳簿の出入りに間違いはありません。でも、金庫の金が元々、五十両不足していたのか、この火事騒動の際に出し入れを間違ったものか……が分からないのです。そこをキチンと調べないと、何らかの不正があったのか、単なる間違いなのかを監査しようがないのですよ」

「――ご隠居さんは、けっこう細かい人なんですね」

「自分のことはいい加減ですがね」

「ご指摘、ありがとうございます。でも、本当に後で私が精査しておきますので」

「いいのですか、それで」

「はい……というか、町会所出納《すいとう》の見守役というのは、町の〝名誉職〟のようなもので、実際は私たち手代がやってますから」

「あ、そうなんですか。だったら意味はありませぬな」

「いえ、決して……目を通していただき、今のようなご指摘を下されば、大いに助かります。とにかく、お金のことですから」

「だったら、勘定帳も見せて貰えますかな。元々、金の数え間違いがあったかどうか、繰越金《くりこしきん》もあるはずなので、少なくともこの数年の勘定帳を……」

言いかけた吉右衛門のことを、柾吉はしつこいと感じたのか、

「私たちを信頼していただけないのですか」

と反発するような目で言った。

「まさか。疑ってるわけではありません。そういう性分なもので」

「もちろんダメではありませんが……今、私も手を放せません。他の者たちも火事騒ぎでバタバタしておりますから、落ち着いたところで、ちゃんと対処しますので、どうかご安心下さい」

「そうですか。そこまで言うのでしたら、今日のところは……」

吉右衛門は傍《かたわ》らの茶を啜《すす》って、火事場を見廻ってきますと出ていった。

見送った柾吉は、訝《いぶか》しさと苛立《いらだ》ちが混じった顔つきになった。しばらく虚空を見て

考え事をしていたが、ふいに思いたったように立ち上がり、奥の書庫に入った。

柾吉が住んでいる長屋は、小さな稲荷《いなり》神社のすぐ裏手にあった。

近くには老中や若年寄などを務めた大久保《おおくぼ》家や林《りん》家、津軽《つがる》藩主の下屋敷などもある。目の前は大横川《おおよこがわ》なので、川船の往来も多く、昼間は賑わう所だが、夜になると急に寂しくなった。

町会所での帳簿仕事を終えてから、さらに金を配った屋敷や長屋などを巡って、行き届いているか確認をしてきた。

火事の出火は隣町だが、延焼した菊川町内の者たちへの補償は、各自の町々でやらねばならない。柾吉は被害状況も丹念に調べてきたが、最も激しいのは『野田屋』であった。

その焼け跡が妙に悲しかった。

——しかし、この大店が燃え落ちたことで、他に類焼せずに済んだのかもな……。

と柾吉は、弦兵衛の顔を思い浮かべながら、家に着いたときには、とっぷりと日が暮れて、ぼんやりと月が霞《かす》んでいた。

長屋の木戸を潜《くぐ》り、一番、奥の部屋の自分の家の前に来ると、中から「あはは。それはおかしいですねえ」と女房が大笑いする声が聞こえてくる。頭から抜け出るような明るい透き通った声である。

柾吉は屈託のない女房の声が好きなのだが、こんな刻限に誰が訪ねてきているのだろうと、不思議に思いながら戸を開けた。

「帰ったぜ」

中に入ると、奥の衣桁《いこう》の前に、吉右衛門が座り込んで、茶を飲んでいた。奥といっても、わずか九尺二間の決まり切った狭い長屋の一室である。しかも、数軒ある長屋の一番奥なので厠《かわや》に近いため、臭いも漂ってくる。

「あ、これは、ご隠居さん……」

戸惑った柾吉だが、ご苦労様ですとおのずから頭を下げた。

「いやいや。そちらこそ、遅くまで、お疲れ様でしたな。すぐ近くなので、ご亭主の留守中ながら、ついお邪魔してました」

「あ、そうでしたか……」

あまり歓迎していない様子の柾吉に、女房のおつねがポンと声をかけた。

「愛想なしだねえ、おまえさん。ご隠居さん、鰻《うなぎ》の蒲焼《かばや》きをお土産《みやげ》でくれたんだよ」

「えっ……」

「ほら、目の色が変わったでしょ」

細身で小柄なおつねだが、しっかり者の女房という感じで、帰ってきた亭主を労《いたわ》るように手荷物を受け取り、座布団を差し出した。そして厨《くりや》に降りると、炭火にかけていた湯鍋から燗酒《かんざけ》を出して、

「さあ。まずは一杯」

と勧めた。

これが毎日の習慣のようで、柾吉は女房から、おちょこに注がれた酒をぐいっと飲み干した。そして軽く一息つくと、これまた習慣のように、巾着《きんちゃく》から文銭を二、三枚取り出すと、水甕《みずがめ》の側《そば》に置いてある小さな甕《かめ》に、チャリンと落とした。

「おや、酒代ですかな」

吉右衛門が笑いながら訊くと、柾吉はテレながら答えた。

「まあ、そんなもんです……これは〝銭がめ〟とうちでは呼んでるんですがね、これが貯まるとちょいと贅沢《ぜいたく》して、鰻を食いに出かけるんです……はは、今日は素直にご馳走になります。ありがとうございます」

礼を言ってから、柾吉は食台にある鰻の蒲焼きの前に座ると、

「やけに楽しそうに話していたじゃないか、おつね」

「だって、ご隠居さんたら、子宝に恵まれるための夫婦の寝床でのまぐわい方の話なんてするんだもの……きゃ、恥ずかしくって」

「おい。おれはもう四十過ぎだぜ……」

「私はまだ三十そこそこだからね。まだ産《う》めるって、ご隠居さんが」

「まあ、子供が生まれれば、私ももう一踏ん張りするかもしれませんがね。この年になると、後始末のことばかり考えます」

しんみりと言う柾吉に、冗談じゃないと吉右衛門は真顔で返した。

「だったら、私なんかどうしたらいいんです。棺桶に片足を突っ込んでるんだから、後始末どころか、戒名《かいみょう》を付けて貰わないと」

「あはは。また冗談ばっかり」

おつねの笑い顔を見ながら、鰻に箸をつけようとした柾吉は、吉右衛門の膝横にある綴り本に目が止まった。

「あれ……それは、俺の……」

「日誌のようですな。おつねさんに断って、ちょいと見せて貰いました」

吉右衛門は何気なく言ったが、柾吉は俄《にわか》に血相を変えて、

「なんですか。人のものを勝手に……」

「実に感心しましたよ。日々のことを詳細に書いて、町のことや自分たちの暮らしぶりのことをつぶさに……目に浮かびます」

「…………」

「所々に、桜二七七二とか、梅三五九一とか……小さく印みたいなのがありますが、これは自分だけが分かる秘密の文字みたいなものですかな」

柾吉は不愉快そうに立ち上がると、日誌をサッと取り上げて、

「ご隠居さん……何の用があって、俺の留守中に来たのか知りませんが、話なら明日にでも町会所でできるでしょ。女房の顔だって、見て楽しいものじゃない」

「そんなことはありませんよ。綺麗なおかみさんだ」

「もう遅いから帰ってくれないですかね。こっちは楽隠居の身分じゃないし、一日中、働いてヘトヘトなんだ」

言葉を荒げそうになるのを、必死に我慢している言い草だった。その柾吉の袖を摑んで、おつねは吉右衛門に謝《あやま》りながら、

「そんなふうに言うことないでしょうに。ほら、こうして鰻まで……」

「貧乏人には貧乏人なりの楽しみ方があるんです。毎日、一文二文を貯めて、ようやく〝銭がめ〟一杯なってから食う鰻だから、美味《うま》いんだ。分かりますか。あなたはみ

んなに色々と誉められてますが、所詮は武家の道楽ですよ」

「そういうつもりでは……」

「ええ、そういうつもりでなくても、人を見下す習性があるんでしょうよ。さあ、帰っておくんなさい」

最後の方の語気が強くなった。女房はひたすら謝っていたが、柾吉は虫の居所が悪いのか背中を向けてしまった。

「――いつもは、こんな人じゃないんですよ……きっと疲れているんです……」

おつねがひたすら頭を下げるのへ、吉右衛門は逆に申し訳ないと言って、

「柾吉さん。すまなかったね。今日は本当にお疲れ様でした」

と労って外に出た。

戸を閉めると、部屋の中から何やら夫婦で揉めるような雰囲気が起こって、

「こんなもの食えるか。野良猫にでもやれ」

と腹立たしげに言っている柾吉の声が聞こえていた。

吉右衛門はぼんやりと浮かんでいる月を、曰《いわ》くありげな目で見上げた。

三

その翌日、柾吉が定刻どおり、町会所に来ると、すでに吉右衛門は奥の座敷で、昨日の続きなのか、帳簿合わせをしていた。

気付いたのは柾吉が先だったが、吉右衛門の方から挨拶をした。

「おはようございます。昨晩は、無礼なことをしました」

「いえ……こちらこそ、追い返したりして、申し訳ありませんでした。鰻もありがたく夫婦して戴きました」

「主人の和馬様にも叱られました。礼儀を弁《わきま》えろと。こう見えて、おっちょこちょいでしてな、申し訳ありません」

「とんでもありません……」

柾吉も仕事に取りかかろうとしたとき、吉右衛門がふいに、

「昨日のあれは、富籤《とみくじ》ですよね」

と訊いた。

「えっ」

「桜二七七二とか梅三五九一という印は」

知らぬ顔をしている柾吉だが、吉右衛門はまたぞろ余計なことを喋り始めた。

「実は私も時々、やってるんですがね、一度も当たったためしがない。もし当たれば、老後は安泰と思ってるのですが、富籤に当たれば、また違う不幸が当たるような気がして、なんだかね……禍福は糾《あざな》える縄の如しと言いますから」

弦兵衛が言ったのと同じことわざに、柾吉は短い溜息をついてから、

「ええ、そうですよ……ご隠居さんのご推察のとおり。富籤です。しかも、寺社の勧進富籤と違って、〝影富《かげとみ》〟と呼ばれる幕府が公認していないものです」

どうせ分かっているのだろうと、柾吉は素直に認めた。

富籤とは、売り出した富札を箱に入れ、錐《きり》で突いて当たりを決め、報奨金を与えるものである。褒美金ともいうが、富籤興行を幕府に許されているのは、寺社だけである。

いわゆる〝当選金〟が幾らになるかは、その籤の胴元の寺社によって違うが、天保《てんぽう》時代には仕組みも複雑になっており、一番当選は千両にもなることがあった。しかし、富籤は一枚が、一分もするから、なかなか庶民には買うことができない。それゆえ、一枚一文程度の富籤を行う〝業者〟がいて、密かに執り行われていた。

本富で何番が当たるかを予想し、それを秘密の賭場《とば》のような所でやるものから、まったく独自にやる闇の富籤まで色々あった。

いわゆる〝江戸の三富〟は、谷中《やなか》の感應寺《かんのうじ》、目黒《めぐろ》の瀧泉寺《りゅうせんじ》、湯島天神《ゆしまてんじん》で、ここで催されるもの以外はすべて影富である。幕府は影富を禁止していたが、規模も額もバラバラなので、よほどの被害や社会不安が起こらない限り、見て見ぬふりをしていた。

「――町会所を預かる者が、影富を買ってるなんて、信頼できない奴だと思ったでしょう。でも、唯一の密かな楽しみなんです」

自嘲《じちょう》気味に柾吉は言ったが、吉右衛門は笑って、

「ですよねえ。影富は私もやりますよ。もし当たったら、高山家も持ち出しをしなくて済むから、期待しているところです」

と事もなげに言った。

だが、柾吉はバツが悪そうに文机《ふづくえ》に向かった。しばらく黙々と仕事をしていたが、心ここにあらずだった。背中の後ろにいる吉右衛門の息遣いが、気になって仕方がなかったのである。

「あ、そうだ。柾吉さん……」

吉右衛門が声をかけると、ドキッとなって柾吉は振り返った。

「どうやら、五十両の件は、私の勘違いというか……誤解だったようです」

「え……」

「朝来て、書庫の勘定帳で、この数年のを調べてみたんですけどね、金庫に残ってい
るのが正しい金額でした。元の勘定帳を見れば、入ってきたお金が十両なのに、八両
としか記載されていない所があったり、その逆もあったりして、ぜんぶ算盤を弾いて
みると、ピタリと合いました。こっちの帳簿が間違ってたわけです。過不足なく間違
いないです」

「そうですか……それは良かった」

安堵したように頷いたものの、柾吉はわずかに不満げに、

「でも、ご隠居さん。たとえ見守役でも、勝手に書庫を開けるのはご遠慮下さい」

「え、そうなんですか」

「そりゃそうでしょ。誰でも開けることになったら、何をされるか分からない」

当たり前だとばかりに、柾吉は言った。だが、吉右衛門は納得ができなさそうに、

「これはまた失礼をば……しかし、一応、町名主さんにはお断りはしてますので……

それにですねえ……」

「それに……？」

「ピッタリと数字は合っているのですが、ほら、このように……」

吉右衛門が勘定帳を運んできて見せながら、

「もう何年もの前の所の入金や出金の訂正が、このように為されてるのです」

と不審そうに言った。

「ご覧下さい……これは、つい最近、訂正したのですよね。墨の色がまったく新しいでしょ。ほら、見て下さい……」

「…………」

「これを私が昨日、見たわけではないので、比べることはできませんが、明らかに昔の訂正ではなく、つい最近に書いたものです」

「つまり、誰かが書き換えた……とでも？」

「そうです。残金に合わせて、帳簿をいじったとしか考えられない。一体、誰がこんなことをしたんでしょうねえ」

首を傾げる吉右衛門だが、明らかに柾吉のことを疑っていた。

「分かりました。これについては、後で調べておきますので、私にお任せ下さい」

「また後で、ですか」

「いけませんか。他にもやらなければならないことが沢山あるのです。現に火事で困ってる人は何十人もおります。こんな時に算盤を弾いて数合わせばかりしていると、目の前の暮らしに窮《きゅう》します」

「おっしゃるとおりです。はい、私もそう思いますので、手伝えることを何でもおっしゃって下さい」

「いえ。ご隠居さんは私たち以上に人助けをしています。ご無理をなさいませんように」

物腰は落ち着いて話しているが、どこか疚《やま》しいことがありそうな柾吉を、吉右衛門は凝視してから奥に引っ込んだ。


町名主の杉左衛門《すぎざえもん》の屋敷は、菊川橋の袂《たもと》に面してあった。

今は営んでいないが、ほんの数年前までは『角屋《かどや》』と呼ばれる万屋《よろずや》をやっていた。日用雑貨をなんでも取り揃えている店である。間口は狭いが奥行きがあって、町内の人が気兼ねなく集まって、四方山《よもやま》話《ばなし》をする板間もあった。

町会所からの帰り道、吉右衛門が立ち寄ると、通りに出した床机《しょうぎ》に、町名主がぼんやりと腰掛けていた。もう喜寿《きじゅ》になるというから、ご隠居と呼ばれる吉右衛門よりも、遙か年上である。

「いい日和《ひより》ですなあ……」

吉右衛門が声をかけると、杉左衛門は軽く手を挙げて、

「これはこれは、福の神様。ご苦労様です」

「此度の火事は被害が少なくてよかったですなあ」

「本当ですなあ……『野田屋』さんのお陰だという話もありますが……あれ？　何処へ行ったのですかな」

「誰がですか」

「『野田屋』さんの主人の……」

「弦兵衛さんですか」

「はいはい。近頃、物忘れが多くてね。しかも、人の名前が出てこない」

「私も同じです」

「いえいえ、福の神様はまだ若い。名前は、ええと……」

「吉右衛門です」

「ああ、そうでしたな。私は杉左衛門。なんでもかんでも〝やり過ぎ左衛門〟と、昔は疎《うと》まれましたが、近頃は、なんもせん左衛門になってしまいました」

「これまでの功績を考えたら、もうゆっくりとお休み下さい」

「まだ死にませんよ」

「いえいえ、そういう意味ではありません。これまで地べたを見続けるように働いてこられましたから、ゆったりと遠くの空を見て下さいましな……優雅に飛んでいる鶴《つる》……は、まだ来てませんが、鷹《たか》や鳶《とんび》なんぞが悠々と風に浮かんでますよ」

杉左衛門は上を向こうとしたが、首を曲げるのが辛そうで、

「いやいや。私は所詮《しょせん》は雀《すずめ》ですから、チュンチュン目先の餌をついばんで、飛んでもその辺の屋根と屋根の間……はは、暢気《のんき》で気軽なもんでしたよ」

と達観したように嗄《しわが》れ声で言った。

「何か変わったことがありましたか……いえ、見守役になって貰って申し訳ない」

「いいえ、特に何もありません。私なんざ、それこそお飾りにもなりませんのに、名誉なことに存じます」

日なたで年寄りの何でもない話をしているところに、熊公がぶらりとやってきた。結構なご身分だなと言いたげな目をしていたが、吉右衛門が先に、

「町入用《ちょうにゆうよう》からも、親分さんには支出しておりますから、江戸の町々が安心できるよう、宜しく頼みますよ」

と言うと熊公は頭を掻いた。

「ありがたいことです。町名主さんにご隠居さん……でね、ちょいといいですかい」

熊公が真面目な顔に変わって、ふたりの前に十手《じって》を差し出し、御用の話だと言った。

「まさか、付け火か何かですか。火事は」

「いや、それは料理屋の火の不始末だったのだが、それでもお縄になりやした。重《じゅう》追放は免れないだろうな。もっとも商売を続けたくても、これだけの騒ぎを起こしたのだから、居続けられねえだろうが」

「ですねえ……で、お話とは」

吉右衛門が訊き返すと、熊公は大きな体を屈《かが》ませて、座っているふたりの顔を見た。

「まさかとは思うが、おふたりさんは、影富なんざ、買ったりしてねえですよね」

一瞬、吉右衛門はドキッと胸に手をあてがった。

「ご隠居……それは御法度《ごはっと》ですぜ」

「いや、私は買ってませんよ。町名主さんだって、そんなことはしないでしょ。でも、あれって買っても罪なんですか」

「罪といや罪だが、それを裁く法はねえから、買った側が咎《とが》められた例はねえらしい。けどな、売った側はいわば不当に利益を得たわけだから、騙《かた》り同様に遠島、下手《へた》すりゃ死罪だ」

「あ、そうなんですね……」

「だから、あんまり買い過ぎたりすると、影富の手助けをしたことで罰せられるかもしれねえから、気をつけておきなせえ」

「買い過ぎ左衛門はよろしくないんですな」

「なんだ、そりゃ。とにかく……」

熊公は野太い声だから、通りすがる人も足を止めるほどであった。

「すっかり燃えちまったが、『野田屋』が夜逃げしたのには、商売が立ちゆかなくなっただけじゃなくて、どうやら影富にはまっていたらしいんだ」

「ええッ――！」

吃驚《びっくり》した声を上げたのは、杉左衛門の方だった。あんな真面目な人が信じられないと杉左衛門は言った。

「一口一文なんて安いから、逆に沢山《たくさん》買う者も多いんだ。大当たりの報奨金は百両だが、一両買っても当たれば百倍だ。寺社の富籤なんかより当たりやすいから、結構、買っている人たちがいる」

「そうなんですねえ……」

「富岡八幡宮《とみおかはちまんぐう》なんかの勧進で行われるのは、仮に千両当たっても、富籤を売る業者の手続きとか中抜きとかなんやかやで、手に入《はい》るのは七百両だ。そりゃ当たれば凄いが、百両でも入りやすい方がよかろうってな」

「ですねえ……」

吉右衛門はその『野田屋』のことが気になった。柾吉が関わっていたことも、小耳に挟んでいたからである。

「ああ、それだがな。まだ百両近く借金があるらしく、だから夜逃げしたんだろうが、相手が悪い。鮫蔵が胴元をやってる」

「鮫蔵……」

「初め調べたときは、なんでもねえと思ったが、やはり怪しいと思ってな……もちろん『野田屋』のようにハマってしまったのは、何十人何百人もいそうなんだ」

「困りましたな……」

「それがな、敵もなかなかで、影富ではない、これは頼母子講《たのもしこう》だと言い張ってるんだ。だから、報奨金として払ってる。けどな、頼母子講だって、やりようによっては御法度だ」

頼母子講とは〝無尽《むじん》〟とも呼ばれ、特定の商人たちが、商売資金のために金を出し合って、籤引きで当たった者が、まとまった金を受け取ることができる。それを元手に商売をしたり、立て直したりするのだ。いわば商人同士の相互扶助だが、その仕組みを利用して、〝賭け事〟のようにしているのだ。

「鮫蔵といや、借金の取り立て屋に過ぎなかったが、今はちょっとした高利貸しだ。店は神田須田町《すだちょう》にあるが、手代という名の子分たちがあちこちの町に住んでて、影富にハマりそうな奴がいねえか、目を光らせてる」

「そりゃ、纏《まと》まった金が入れば、商売人にはありがたいですからねえ……」

「だから、醤油蔵をなくして困ったような弦兵衛さんなんぞは、格好の餌食《えじき》だったんだろうよ。その上、鮫蔵は影富を買う金まで貸してたってんだから、狙われた奴はズルズルと蟻《あり》地獄ってことだ」

「いつの世になっても、そんな輩はいなくならないのですねえ」

呆れ果てたように吉右衛門が言うと、熊公はふたりに説教するように、

「ご隠居さんたちも気をつけて下さいよ。商売人じゃなくても、金のある者には目をつけるから」

「私はいつもピイピイ言ってますから、案ずるに及びませぬ」

「でもな、例えば町会所……あれなんかも危ない」

熊公が言うと、杉左衛門が俄に不安げな表情になった。その顔を吉右衛門は見てい

たが、杉左衛門はしょぼくれて俯《うつむ》いた。それには気付かず、熊公は続けて話した。

「向柳原の江戸町会所には何十万両もの金がある。そこに目を付けた鮫蔵たちは、貯まっている金を運用して利鞘《りざや》を稼ぐことを持ちかける」

「できるんですか、そんなことが……」

「大がかりな頼母子講を仕掛けるんだよ。江戸町会所としても、ほとんど無利子での貸し付けじゃ物足りない。鮫蔵はまだ手を付けたばかりだが、上手《うま》くいけば年に何千両もの金を扱うことになる。悪智恵だけは働く奴らだ」

「ということは、菊川町のような小さな会所にも、鮫蔵の魔の手が……」

「そういうことだ。小さい町会所ほど、貯まった金を楽して殖《ふ》やしたいだろうから、手代次第じゃ手を出すかもしれないな」

「手代次第……」

「そうだよ。どの町会所も、実質、金の管理をしているのは手代だ。中には、金庫ごとトンズラした町会所手代もいる」

「ああ、そうですねえ……」

「見てみな」

一枚の読売を、熊公は出した。思わず受け取った吉右衛門は、

「これが、何か……」

と首を傾《かし》げた。

「ほら、この読売の隅《すみ》っこに意味の分からねえ、文字や数があるだろ……ここだよ……ほら、『桜二七七二』てあるだろ。これが、今回の当たり籤だ」

「――ええっ！」

吉右衛門が素っ頓狂な声を上げると、熊公の方が驚いたが、

「そういうカラクリなんだよ。読売屋も、何のことだか分からないと惚《とぼ》けてるが、影富の当たり番数をこうして載せて、籤を買ったものだけが分かる仕組みにしてるんだ」

「桜二七七二……うわあ、本当だ、こりゃ、おったまげた！」

立ち上がって読売を掲げる吉右衛門を見て、さすがに熊公も不審に思い、

「まるで、ご隠居が射止めたような感じだな」

「ええ。いやいや……ほんと、当たればいいなあと思って」

「だからよ、ご隠居。別に、菊川町の町会所を疑ってるわけじゃねえが、そうならねえよう気をつけるのが、見守役の務めだぜ」

「あ、はい。承知しました。熊公親分もたまにはいいことをおっしゃいますね」

「たまには、は余計だ」

睨みつけた熊公は、ふたりの肩を軽く叩きながら、

「とにかく、年寄りは狙われやすいから、気をつけておくんなせえ。鮫蔵の方は、古味さんら町方同心が詳しく調べてるからよ」

と十手を得意げにちらつかせた。

話を聞いていた町名主は具合が悪くなったのか、家の中に入ってしまった。そんな様子が気がかりな吉右衛門であった。

四

その夜、長屋に帰ってきた柾吉は、土間から転がるように部屋に這い上がった。

「おまえさん、お疲れ様」

おつねはいつものように、燗酒の徳利をてぬぐいで拭きながら差し出したが、

「それどころじゃねえ」

と柾吉は簞笥《たんす》の引き出しを開けて、ごそごそと何やら探し始めた。奥から次々と浴衣や羽織などを引っ張り出して、

「おい。丹前《たんぜん》はどうした、あの親父の丹前だよ。旗本奴《やっこ》から貰ったっていう」

「ああ。あれなら、四、五日前に、古着屋に売りましたよ」

「なんだと!?」

大声を張り上げたので、おつねは吃驚して徳利を落としてしまった。割れはしなかったが、酒が流れ出たので、

「ごめんなさい。つけ直しますね」

「そんなこたあ、どうでもいい。丹前だよ、丹前!」

興奮した柾吉は今にも乱暴を振るうかのように、おつねの肩を摑んだ。

「ですから、あれは……」

「なんで、売ったりしたんだ。親父の形見だぞ、おい!」

「だって、もう虫食ってるし、綿もすっかりダメになってるし、薄汚れてるし、もう着ないって、よく言ってたじゃないの」

「だからって売っていいとは言ってねえぞ」

「あれでも、二百文にもなったんですよ。日当くらいにはなりますもん。他にも私の嫁入り道具の振袖とか……」

「そんなのはいいから、誰だ。何処の古着屋だッ」

柾吉はおつねの体を揺すった。

「分かりませんよ。流しで長屋に来た人ですから……初めて見た顔でしたし……」

「とんでもねえことをしてくれたな」

「――ごめんなさい。そんな大切な丹前なら、そう言ってくれれば……」

「うるせえ。勝手な真似しやがって」

それにしても、あまりにも激しい怒鳴り方なので、隣の大工の留吉《とめきち》らが、

「何があったんでえ。夫婦げんかなんて珍しいじゃねえか」

と様子を見に来た。

「あ、いや、なんでもねえ……それより、この長屋に来たっていう古着屋のことを知らねえか。こいつが大事な丹前を売ってよ」

留吉は首を傾げたが、その後ろから、誰かのおかみさんが顔を出して、

「ああ、その古着屋なら、菊市《きくいち》さんていう人だよ、たしか」

「何処に店があるんです」

「店があるかどうかは知らないけど、すぐ近くだよ、竪川の向こう側、亀戸町《かめいどちょう》の田《た》中《なか》稲荷の側《そば》に家があるって聞いたけど」

井戸端会議のおかみさんならではの話だ。柾吉は礼も言わずに飛び出していった。

「──なんでえ……」

不思議がる留吉に、おつねも分からないと首を振るだけだった。

川沿いの道を突っ走ってきた柾吉は、四ツ目橋を渡って、田中稲荷の近くまで来ると、誰彼構わず捕まえて、「菊市を知らないか」と尋ねた。件《くだん》の古着屋が住んでいる長屋はすぐに見つかった。

「菊市さんだな……」

しがみつくように、柾吉が訊くと、まだ三十路《みそじ》前の男は怯《おび》えたように、

「なんだい」

と腰が引けた。部屋の奥には女房と小さな子供がいて、飯を食べていたが、吃驚した目で見ていた。

「あ、すまねえ……俺は、菊川町の町会所手代の柾吉ってもんだ。その近くの長屋に住んでるんだが、四、五日前に、山吹《やまぶき》色の黒い縞模様の丹前、けっこう古いものなんだが、買っただろ」

「丹前……ああ、染みだらけで穴だらけの……」

「返してくれないかな。大事な親父の形見なんだよ。女房が間違って……」

「あれなら、もう売っちまったよ」

「えっ……」

柾吉はまた凍りついた。

「何処の誰に売ったか、分かってるよな」

「同業者の岩松《いわまつ》って奴でさ。あれ、意外といいものらしくて、二朱では売れるからって、俺に一朱くれた」

「で、その岩松ってのは……」

「向柳原の江戸町会所の近くで、『岩松屋』って、自分の名の古着屋をやってる。そこそこ繁盛してるみたいだから、そこに行ってみなせえ。でも、まだその丹前があるかどうかは知らねえよ」

「ありがとよ！」

一縷《いちる》の望みは繋がった。柾吉はほっとして、竪川沿いに走り、両国橋《りょうごくばし》を渡って、神田川《かんだがわ》の柳原の向かい側にあるその店を目指した。この辺りは古着屋通りと呼ばれるほど、その手の店が並んでいたが、もう辺りは真っ暗で開いてる所はなかった。

その一角に、『岩松屋』を見つけた柾吉は倒れ込むように表戸を叩いた。

――ドンドン、ドンドンドン！

「お願いします。お願いしますから、どうか、どうか……！」

柾吉は声を限りに叫んだ。

しばらくして潜り戸が開いて、中から柾吉と同じ年頃の中年男が顔を出した。古着屋とはいえ、かなり裕福そうに見えた。

「なんですか、こんな刻限に……」

「申し訳ない。私は……」

身元や名前を名乗ってから、菊市から買った丹前を返して欲しいと頼んだ。柾吉の事情を聞いて同情した岩松だが、

「申し訳ないがねえ、もう売ってしまいましたんです」

「えっ。また……あんな丹前の何処がいいんだよ。もう何年も箪笥の奥にしまっておいたもんで、とても着られたもんじゃねえのに」

「そんなことはありませんよ」

岩松はハッキリと言った。

「あれは、その昔、日本橋『越後屋《えちごや》』が仕立てた珍しい丹前で、色々なお旗本の中《ちゅう》間《げん》が、お洒落《しゃれ》のために着ていたもののひとつです。旗本奴って、粋《いき》で鯔背《いなせ》を売りにしていた連中の、いわば自分の身分なんかを誇りに思って纏っていたものです」

「そうなんだ……」

「親父さんは、どこぞのお旗本の中間でしたんですね」

「いや、そうじゃなくて貰い物らしいんだが……」

「うちで先に扱ってたら、二朱で引き取っても良かったくらいのものです」

ガックリきていた柾吉だが、また縋《すが》るように訊いた。

「で……売った相手は分かるかい」

「さあ、それは……通りすがりの人ですからねえ」

「年齢とか人相風体《ふうてい》とか、何処辺りに住んでいるのか、なんでもいい。どんな小さな事でも思い出してくれねえかな」

「そう言われても……でも、買ったのはどこぞの商家の女将風《おかみ》でしたよ」

「女将風……何処の商家か、なんか覚えてないかな、話っぷりで……」

どんな小さな手掛かりでもいいと、柾吉は執拗に訊いた。店には日に何十人もの客が来るから、誰に何を売ったかなんてことはあまり覚えていない。だが、此度の丹前は珍しいから覚えていた。

「そういえば……お付きの小僧が『伊勢屋《いせや》』という仮名文字の羽織を着てたなあ。小僧だから羽織なんてのもおかしな話だけど、もしかしたら、それが……」

「伊勢屋、稲荷に犬の糞《くそ》……何処にでもあるってことだ……探しようがねえなあ……」
それでも諦めきれずに悔しがっていると、岩松は同情したのか、
「じゃ、明日、もう一度、訪ねてきてみて下せえ。他の店の主人らの中に、知ってい
る人がいるかもしれやせんので、訊いておいてあげやすよ……こっちも儲けさせて貰
ったからねえ」
と言った。
「えっ。本当かい。ありがたや、ありがたや」
柾吉は藁《わら》にも縋る思いで、何度も頭を下げるのだった。
日頃の行いがよいのか、翌日の昼頃、訪ねて見ると、岩松は近在の古着屋仲間たち
の話から、神田明神下《みょうじんした》の『伊勢屋』という団子屋《だんごや》の女将さんではないかと分かった。
そこなら目と鼻の先だ。柾吉は韋駄天《いだてん》走りで坂道を下っていった。
団子屋の『伊勢屋』は間口二間の小さな店だが、かなり流行《はや》っているようで、客が
数珠繋《じゅずつな》ぎだった。店の中に行こうとすると、「順番を守れ」と誰かに怒鳴られた。そ
れでも、柾吉は店の中に押し入り、
「すみません。丹前を返してくれませんか……あ、いや買い取りますんで」
と言った。

唐突な客に手代らは驚いたようだが、柾吉は必死に話をしようとした。すると、事情の分からない客たちが割り込みだと騒いだので、店の奥から、女にしては大柄で風格ある女将らしき女が出てきた。

「何事ですか」

「相済みません……昨日、『岩松屋』で買った丹前、ぜひ私が買い戻したいのですが」

と声をかけた。

女将は何かを察したようだが、客の邪魔になるから、とにかく裏に廻ってくれと言った。柾吉はすぐさま従った。

そして、名前と身許《みもと》を名乗って、岩松らに言ったのと同じ事を伝えた。

「そうでしたか……ですがねえ……」

女将は残念そうに言った。

「今朝、そこの坪庭に干してたんですが、誰かに盗まれたんです」

「えっ……えええ！」

絶望感が洪水のように襲ってきて、柾吉はその場にへたり込んだ。そして、悲しみと不運に泣き崩れそうだった。

「お父様の形見ならば、只でお返ししましたのに、どうしようもありません……一応、町内の自身番には届け出ておきましたので、そこで見つけて貰うのを願ってます」

「――女将さんは、なんで、あんなものを買おうなんて思ったんですか……こんな立派な団子屋をやってるのに、小汚い丹前なんか入り用があるとは思いませんがね」

「いえね、私の父親が旗本奴……というか中間でしてね……といっても、大昔の水野《みずの》様の〝大小神祇組《だいしょうしんぎぐみ》〟とか〝鉄砲組《てっぽうぐみ》〟やら〝笊籬組《ざるぐみ》〟なんかとは無縁ですよ。つい近頃流行りの真似事に過ぎないですが、侠客《きょうかく》ぶってましてね、それが嫌でしょうがなかったんですが、ほら、すぐそこに、丹前の由来の、堀丹後守《ほりたんごのかみ》のお屋敷があったものですから」

丹前は、吉原遊女・勝山《かつやま》が着ていたことから、その名称がある。勝山は元、神田の湯女《ゆな》だったが、風呂屋が堀丹後守の下屋敷の前にあったことから〝丹前風呂〟と称していた。その人気遊女に通い詰めた旗本奴たちが真似《まね》たのだという。

「今では歌舞伎《かぶき》の中だけの姿になりましたけれどね、父親は〝丹前六方《ろっぽう》〟を真似て歩いてましたが、私から見たら格好悪かったですけどねえ……その父親も喧嘩で死んで、もう十七回忌……それで供養してあげようと思ってたんだけどねえ……」

意外な所で、赤の他人の身の上話を聞いたが、柾吉にとってはどうでもよいことだった。盗まれたとあっては、探しようもなかった。柾吉は苛立って、

「なんて、ついてねえんだ！」

と悔しそうに自分の頭を何度も叩いていた。

五

柾吉は気を取り直して、神田明神下の自身番に駆け込んだ。もしかしたら、盗まれた丹前が戻っているかもしれないからだ。

番太郎に事情を話そうとすると、

「菊川町の柾吉ではないか」

と奥から声がかかった。自身番の家主と一緒にいたのは、古味覚三郎だった。

「あ……古味様……」

「神田くんだりに何か用か。もしかして、向柳原の江戸町会所にでも行ってたのか」

「いえ、そういうわけでは……」

「ご隠居が……吉右衛門が心配してたぞ。今朝は町会所に無断で来てないし、長屋に訪ねても、朝っぱらからいないってな」

「はあ……」

「江戸町会所に用がないなら、女でもできたか」

「まさか……」

柾吉が事情を述べようとすると、熊公が遊び人風の男を連れて入ってきた。お縄にこそしていないが、下っ引ふたりに後ろ手に取られ、尋常な様子ではなかった。

熊公も柾吉に気付いて、一瞬、「おや」となったが、

「さすが、古味の旦那。手廻しが早いですね」

と声をかけた。

意味が分からない柾吉は、出直そうとして立ち去ろうとしたが、

「待ちねえ、柾吉さんよ」

と熊公が険しい声をかけた。そして、連れてきたばかりの遊び人風の顔を、ガッと摑んで柾吉に見せつけて、

「知ってるよな、この男が誰か」

「あ、はい……『野田屋』さんで会った……たしか、さ、鮫蔵……」

「そうだよ。おまえもよく知ってるんだってな」

「えっ……?」

柾吉は知らないと首を振ったが、熊公は鋭く睨みつけて、

「惚《とぼ》けるんじゃねえよ」

と詰め寄った。顔だけ見れば、鮫蔵よりも怖かった。

「頼母子講のことじゃ、おまえも随分と手伝ったそうじゃねえか」

「えっ……頼母子講……」

「この鮫蔵はそう言ってるが、影富のことだよ」

「…………」

「どうした。浮かねえ顔してよ。なんとか言ったらどうだい」

責め立てるように熊公が言うと、柾吉はすっかり居直って、土間に座り込んだ。いつもの謙《へりくだ》ったような態度から変わったので、熊公の目つきもさらに鋭くなった。

古味もその異変に気が付いて、穏やかな口調だが、

「知ってることがあるなら、喋《しゃべ》ってしまえ。おまえが鮫蔵の何をバラしても、俺たちが守ってやるからよ」

と誘導するように目を向けた。

「何も知りませんよ」

柾吉はハッキリと断言してから、古味と熊公を見比べながら、

「旦那らは、それこそいいご身分ですね」

「なんだと……」

「人の金で生きてるから、そんな暢気《のんき》な面《つら》をしてられるんだ」

「どういうことだ、てめえ。俺の食い扶持が町入用から出てるって言いてえのか」

　熊公がムキになって言い返すと、古味は言わせてみろと目で制した。柾吉はふたりの表情に気付いたが、この際とばかりに思いの丈をぶつけるように言った。

「古味の旦那の俸禄だって、お百姓が汗水流した金じゃないですか。ま、それはいいや。私がどうのこうの言っても仕方がないことた」

「百姓には感謝してるよ」

　思ってもないことを古味が言うと、柾吉はふっと苦笑いして、

「町会所手代の俺だって、人様の金で食ってるようなもんだ……その町会所の金は、住人たちが、てめえの稼ぎの中から、食いたいものとか遊びたい金とかを削って出してくれたもんだ」

「…………」

「いなくなった『野田屋』の弦兵衛さんなんか、年に何十両も出してくれたことがある。それを何十年も……それを自分が貯め込んでりゃ、凄い金になってるはずだ。こんな私だって、日に二、三文は貯める。一年間欠かさずやっても、一分かそこいらだ。

それでも、私たちにとっちゃ、贅沢なもんに使える」

柾吉は真顔で、ふたりを見上げたまま続けた。

「なのによ……『野田屋』の醬油蔵が地震でぜんぶ、ブッ潰れたとき、あんたら何をしてくれた。古味の旦那、あんたなんか、『醬油でどぶ川にしやがって』って、なじったんですよ……どぶ川ですか。醬油が流れ出ただけなのに。中には『生魚に醬油かけて、刺身にする手間がはぶけたな』なんてからかう奴らもいた」

「…………」

「あんなに一生懸命、人様の役に頑張ってくれてた人が、急に迷惑な奴に変わった。今度の火事だって、『野田屋』は夜逃げしてバチが当たったんだなんてぬかす奴もいる……なあ、旦那……弦兵衛さんが何か悪いことをしたかい」

「そりゃ……気の毒だとは思うよ」

「でも、その時、町会所で決まったのは、雀の涙くらいの見舞金だ」

「…………」

「そりゃ俺たちの町なんざ、いつも町名主さんが言ってるように、雀の縄張りみたいなもんで、小さくて狭い所だよ。でも、こんな町からでも、江戸町会所には、菊川町からも毎年、数両だけだけど、ちゃんと〝七分積金〟用に払ってるんだ」

柾吉は拳を握りしめて、震わせながら、

「私は江戸町会所にも出向いて、助けを求めたけれど、けんもほろろだった……商人ならば、万が一のときのために、蓄財しておくのが当たり前。それをしてなかったのは、商人としての心がけがなってないからだ。よって何も担保になるものがないなら、貸すことはできない……ってんだ」

「…………」

「俺は借りに行ったんじゃねえ。〝お救い金〟を貰いに行ったんだ。こういう時のために、毎年、金を払ってきたんじゃねえか！」

悔しそうに柾吉は土間を叩いて、

「けど、まるで物乞いでも相手にしてる態度だったよ。江戸町会所の人たちは……でも、そこの鮫蔵さんは貸してくれた」

「…………」

「そりゃ利子は高いよ。年に一割六分が御定法《ごじょうほう》のところ、その倍を取るんだから、大変なことだよ。でも、それ以上の利子を取る〝十一《といち》〟の高利貸しだって、いくらでもいる。弦兵衛さんが、鮫蔵さんに救いを求めて何が悪いんだい」

詰め寄るように言う柾吉に、黙って聞いていた古味が言い返した。

「それが、そいつの……鮫蔵の罠なんだよ」

「…………」

「頭のいい、おまえだって、そんなことあ百も承知だろ」

「だから、なんですか。溺《おぼ》れてる者なら、手を差し伸べてくれる者に縋る。それが、いい人か悪い人かなんてこと考えますかね」

「屁《へ》理屈を言うな」

「そうですよ。理屈じゃないんだ。何をしてくれたか、なんだ。弦兵衛さんは鮫蔵さんに縋った。その鮫蔵さんが悪い人だとして、今度はそれすら見て見ぬ振りをした。あんな奴に関わりやがってって、冷たい目で離れていったのは、何処の誰だい……散々、世話になってきた、町の連中じゃねえか！」

柾吉は我慢していた涙が出てきそうになったが、ぐっと噛みしめて、

「――鮫蔵さんがやってることは、本当に困った商人たちに対する頼母子講だ……みんなそう思ってるから、金を出すんじゃありませんかね……影富が御法度なら、本富だってやってることは同じだ。高利貸しがいけないのなら、両替商も同じだ。町会所が金を増やすために金を貸すのも御法度のはずだ」

「…………」

「私は、鮫蔵って人がどんな人間かなんてことは知らない。知りたくもない。でも、間違ったことをしてるとも思いませんよ」

滔々《とうとう》と述べたいことだけを言って、柾吉は深い溜息をついた。

「そうかい……ぐだぐだ言いやがったが、要するに、おまえはこの鮫蔵のやってることを認めるってことだな」

「………」

「こいつが、お縄になったら、おまえにも累《るい》が及ぶから、そう覚悟しておくんだな」

嫌みたらしく古味は言ったが、柾吉は一礼して立ち上がると、鮫蔵をチラリとだけ見て、自身番から出ていった。残された鮫蔵は何がおかしいのか大笑いして、

「旦那方……聞いたかい。俺は、どんな悪いことをしたのかねえ。えへへ、キチンと説明をして貰いたいもんだ、はは」

と人を舐《な》めたような目つきになった。

六

吉右衛門は町会所で、帳簿などを改めていたが、柾吉が帰ってきたのは、夕陽が真

っ赤に染まる刻限になってからだった。

深川の夕景は美しく、家路を急ぐ大工や材木問屋の鳶《とび》などの職人、川船人足たちの姿、長屋のおかみさんたちの談笑、子供らの騒ぐ声が広がっていて、心地よいひとときだった。

柾吉は挨拶もそこそこに帳場に座ると、開きっぱなしになっていた帳簿や日誌などの記帳類を閉じた。それを積み重ねて傍らに押しやると、ゆっくりと硯《すずり》で墨を磨《す》り始めた。まるで書家のように精神統一をしながら、丁寧に取り組んでいた。

筆を取って何やら、さらさらと達筆で書き始めると、わずか数行だけ書いた。筆置きに戻すと、掌《て》を合わせるような仕草をして深々と頭を下げた。

見ていた吉右衛門は、思わず声をかけた。

「何かございましたか……いえ、何も言わずに、一日中、何処かに出かけていたのも珍しいと思いまして」

「…………」

「おかみさんも心配なさってましたよ」

穏やかに言う吉右衛門を、柾吉はおもむろに振り返ると微笑んで、

「今日で、町会所の手代を辞めることにしました」

「えっ……」

「町名主の杉左衛門さんにも、お伝えしてきてますので。ええ、ちゃんと了承を得ました。引き継ぎなどは、明日にでも他の手代にお願いしたいと思います」

「どうして、また……」

「——それは……」

言いにくそうにした柾吉だが、吉右衛門はあえて訊いた。

「私が余計なことをしたからでしょうか」

「いいえ。まったく関わりありません。さすが、ご隠居さんはきちんと見守役をしてくれたと思います。今までの〝お飾り〟とは違って、町内はもとより、深川一帯の事情を把握しているだけあって、分配金などに関してもすぐに書面で提案してくれて、ありがたかったです。此度の火事のことでも……」

「だったら、どうしてですか」

納得できないとばかりに、吉右衛門は帳場まで近づくと、今し方、柾吉が書いたのは辞表だと分かった。

柾吉は少し困ったような笑みを浮かべていたが、

「——ご隠居さんだから、最後にちょっと話しておこうかな……どうせ、見抜かれているようだから……」

と言った。

「何をです……何を見抜いていると……」

「私もね、『野田屋』さんと同じように、影富とやらに手を出しました。一度だけですけどね……でも、頼母子講のようなものだと思い込むことにしたんです」

「………」

「やっちゃいけないことと思ってました。理由はなんであれ、賭け事みたいなものですからね……親父は、さる旗本の中間をしてて、傾《かぶ》き者の奴《やっこ》気取りで、飲む打つ買うの三拍子揃ってました。お陰で、おふくろは苦労するために一緒になったようなもんでした」

思うところがあるのか、柾吉はしみじみと来《こ》し方を語った。

「だから私は、おつねと夫婦になった時、少々の酒はともかく、博奕《ばくち》と女には手を出さないと決めてたんです」

「町内では筋金入りの石部《いしべ》金吉《きんきち》だとの評判ですよ」

「はは……どうやら、筋金は入ってなかったようですね。親父のせいにはしたくないけど、血は争えないのかな」

「影富なら、私もたまに買ったことがありますよ」

「まあ、一文や二文の手慰み程度なら悪いとは思いませんよ……でも、自身番で啖呵《たんか》を切りましたが、本当は鮫蔵がやってるようなのは騙り同然だからいけない」

「自身番……？」

「それはいいです。いずれ私も腕が後ろに廻るかもしれないし」

「なんてことを、まあ……」

「とにかく、ならぬものはならねえ……ましてや、私のように人様の大切な金を預かっている者が、御定法で禁じられているものに手を出してはいけなかったんです」

柾吉は後悔したように唇を噛みしめ、それからは何も言わなかった。吉右衛門も黙って側に座っていた。

しだいに外は暗くなり、逢魔《おうま》が時と呼ばれる夕暮れと夜の間がきた。この刻限には、幽霊や化け物などが現れやすく、そのため人の心も揺らめいて、ついつい悪い方に足を向けるといわれている。

人生にも逢魔が時というのがあって、心の中に知らぬ間に、良からぬ考えが忍び込んでくる。その一時の気の迷いとか快楽によって、人の道を踏み外す。

だが、柾吉の場合は、自分が心に決めていたことをたった一度破っただけで、御定法に触れたとか、他人を傷つけたわけではあるまい。いや、むしろこれまで人のために尽くしてきたのではないか。苦しむ必要はないと、吉右衛門は声をかけてやりたかった。

その気持ちを見抜いたかのように、

「何も言葉は要りませんよ。吉右衛門さんは不思議なお方だ。そこにいるだけで、なんとなくほっとします」

「猫と縁側にいるようなものですかな。いや、そんなに可愛いものじゃありませんね」

「あはは……」

「もしよかったら、明日にでもうちに来て下さい。一緒に朝餉《あさげ》でも食べましょう。お見せしたいものもございますし」

吉右衛門はそう言うと、刻限が過ぎたからと帰宅した。

翌朝、柾吉は近いのもあって、高山家の屋敷に行った。冠木門《かぶきもん》を潜った途端、子供らの声がわっと起こり、いつもの炊き出しの大鍋の前に群がっていた。所狭しと鬼ごっこをしている小さな子供たちもいる。もちろん、仕事にあぶれた者、先日の火事で長屋に住めない者たちもいた。

縁側では和馬が握り飯を頬張りながら、子供らが遊ぶのを見ていた。

「――相変わらずでございますね、高山様……本当に痛み入ります。此度はまた過分な寄付を頂き、感謝しております」

柾吉は丁寧に挨拶をした。

「長い間、お世話になりました。ですが、町を離れるわけではありません。これからも、宜しくお願い致します」

「ああ、宜しくな」

和馬は素っ気ないくらいアッサリと返事をしたので、

「ご隠居さんから聞いておりませんか」

「何をだ」

「――あ、それなら別にいいんですが……」

そこに、吉右衛門が大きめな握り飯と干物《ひもの》の焼いたもの、味噌汁と香《こう》の物を運んできて、柾吉の前に置いた。

「珍しくもないものですが、この握り飯には鮭《さけ》の身をちりばめてるので、自慢のものなんです。どうぞ、どうぞ、お食べ下され」

と差し出した。

「では、遠慮なく頂きます。毎朝、慌ただしいもので、ゆっくりと食べたことがあまりないんです。それに、子供たちの姿ってのは、なんだか癒やされますねえ」

「ええ。だからこそ、こうして呼んでるんです。この子らの声を聞いてるだけでも、幸せな気分になりますよ」

いい塩梅《あんばい》に朝日が照って、夏が盛りの草木を暖かく包み込んだ。

握り飯を食べながら背伸びをした柾吉の目が、奥の蔵の前に干してある洗濯物に目がいった。その手前に、丹前が干してある。

「あっ——！」

まさしく柾吉の丹前だ。握り飯を口に押し込んで、思わず駆け寄った柾吉は、ふがふがと口を動かして、

「こ、これだ……どうしたんです……この丹前は……ご隠居さん……ふが」

と振り返った。口から米粒が飛び散っている。

「ああ、それをお見せしようとしたんですよ」

「こ、これは、お、俺の……！」

「やはり、柾吉さんのお父さんの形見でしたか」

「どうして、こ……これがここに……」

「いえね。昨日、長屋にお尋ねしたとき、おかみさんが、形見の丹前を古着屋に売ってしまったものだから、柾吉さんにこっぴどく叱られたって聞いたものですから、和馬様も探してくれていたんです」

「さ、探してた……」

「ほら、うちはよく古着屋を使ってますから……金に困ってますもんで、あれこれ売ったり質入れしたりして……」

吉右衛門は当たり前のように言った。

「そしたら、和馬様が昨日、ある古着屋で見つけてね。その直前に、誰かが売りに来たらしい……そしたら、めちゃくちゃ高くて、一両も払って買ってきたんです」

「い、一両！」

『伊勢屋』から盗んだものだろうが、和馬はその事情を知る由《よし》もない。

素っ頓狂な声を上げた柾吉だが、その丹前を懐かしそうにベタベタと触りながら、

「これです。間違いありません」

「それは良かった。私が若い頃も、その手のものを着て、ちょっと粋がったものです。あはは、今考えれば恥ずかしい」

思い出話をする吉右衛門のことなど聞いておらず、柾吉はまるで人が変わったよう

に丹前を縁側まで引きずってきた。それを乱暴に裏返すと、丁度、袖の付け根あたりをビリビリと引き裂いた。

「これこれ、せっかく綺麗に拭いて、干しておいたのに……」

何をし出すのかと、吉右衛門と和馬は止めようとしたが、柾吉は夢中になって、袖の内側に手を突っ込んで、

「あった……あった、あった！」

と二枚の紙札を取り出した。開くと掌《てのひら》くらいの大きさの厚手の程村紙《ほどむらがみ》である。

吉右衛門はそれを見るなり、「影富」の紙だとすぐに分かった。

「ご隠居さん……これなんですよ、探してたのは……大当たりなんです……桜二七七二……これですべて返せる。和馬様にも一両、返せます……やったやった！　弦兵衛さんにも届けてあげられる！」

昨日は、影富を買ったことを深く反省していた柾吉が、乱舞するほど歓喜して飛び上がっている。吉右衛門は複雑な思いで見ていたが、そこに——古味が入ってきた。

「朝っぱらから、えらくご機嫌だな」

柾吉はとっさに影富の紙札を袖の中に隠した。

「神田の自身番では、えらく吠えてくれたが、今日はどうかな」

「え……？」

「ちょいと来て貰おうか、鞘《さや》番所まで」

それは、深川の大番所のことである。自身番と違って、吟味方与力も来て問い詰められることがある、庶民にとっては縁のない所だ。

「私が何か……」

「昨日の続きだよ。あの後、鮫蔵を締め上げたら色々と吐いたんでな……おまえさんにも事情を聞こうと思ってよ」

まるで極楽から地獄に落ちたように、柾吉の顔は青ざめた。

七

鞘番所と呼ばれるのは、お白洲《しらす》代わりの土間の奥に牢部屋が並んでおり、それが狭くて長く連なっているためだ。

土間から見えるわけではないが、入っている咎人《とがにん》たちの溜息《ためいき》や唸《うな》り声などが時々、漏れ聞こえてくる。それが目に見えない威圧となって、犯罪の疑いをかけられた者は心が折れて、白状するという。

今日はまだ吟味方与力は来ていなかったが、本所方与力《ほんじょかた》が立ち合い、古味が取り調べをすることとなっていた。

柾吉はすっかり落ち込んだ様子で、背中が丸まっていたが、咎人扱いされたことよりも、せっかく当たった影富の払い戻しがなくなるのではないか、という不安の方が頭を中を埋め尽くしていた。

影富を買ったのは事実だが、それ以外に何も悪いことをした覚えはない。だから、柾吉に不安はなかったのだが、妙に悔しくて仕方がなかった。

鞘番所での〝お白洲〟ということなので、和馬が昵懇《じっこん》の旗本として立ち合っていた。そして、町会所の事案でもあるので、見守役として吉右衛門も、片隅で様子を覗《うかが》うことが許された。

「あの……ちょっと、宜しいですか……」

柾吉の方から、古味に声をかけた。

「先程、鮫蔵が色々と吐いたとおっしゃいましたが、影富のことでしょうか」

「ああ、そうだ」

「ということは、此度の影富は、払い戻しがされないってことでしょうか」

「当たり前だ」

「では、影富を買った方は、賭け損ってことになるのですか」

「そもそも買う方が悪いし、どうせほとんどの賭け金は返ってこないのだから、諦めるしかあるまい。外れた影富の半分は、鮫蔵に入るカラクリだ。買った奴がバカを見るのは自業自得《じごうじとく》だろうよ」

「でも……」

柾吉は逆に問い質《ただ》すように訊いた。

「当たった者には払ってくれないのでしょうかね」

「都合のいいことを言うんじゃねえ」

「では、せめて賭け金くらいは、鮫蔵から取り戻してくれないと、損をしたままになってしまいます」

「だから自業自得だって言ってるだろうが」

古味が突き放すように言うと、柾吉はしょんぼりとなって、

「私は、親父が残してくれた、なけなしの一両で、影富を買いました。ええ、『野田屋』さんの勧めもあって」

「親父の残してくれた金を、そんなものに使う方がどうかしてる」

「はい……でも、丹前に一両小判が縫い込まれていたんです」

「ん……」

「それは、親父が死んだ後に、私が見つけたから、何かあったときのために残してくれたんだと思い込むことにしたんです。だから、親父が死んでからも、ずっと使わないでおきました……そもそも、私たち町人が一両小判なんぞ持ってたら、それこそどっかで盗んだんじゃないかと怪しまれる」

「一両といえば、四人家族が一月《ひとつき》暮らせる金だ。使ったおまえがバカだったな」

にべもなく古味が言うと、そのとおりだと柾吉は頷いた。

「でもね。当たったんです」

「はあ……？」

「ほら、このとおり。桜二七七二……もう一枚は外れましたが、この影富は、大当たりが百両ですよ！」

柾吉は影富の紙札を掲げながら、

「もし百両あれば、足りない五十両は返せるし、残りはそれこそ弦兵衛さんにだって上げられるし、他の事にも使える。町会所の金は今やジリ貧で、大変なんですよ」

と必死に訴えた。

その柾吉の顔をじっと見下ろして、古味はニンマリと笑った。

「──語るに落ちる、とはこのことだな、柾吉……」

「え……」

「おまえをここに呼んだのは他でもない。もちろん、鮫蔵のこととも関わりがあるのだろうが、七分積金用の町会所の積立金のうち、五十両が消えてなくなってる」

「！……」

「ほら。吃驚しただろう……別に俺が一々、調べたわけじゃないが、此度の鮫蔵の一件があったから、他の町会所手代に調べさせていたんだ。そしたら……」

古味は嫌味な顔を近づけて、

「おまえは、鮫蔵にポンと五十両もの金を、『野田屋』弦兵衛の代わりに払ってやってる……金の出所はどこだい」

「…………」

「答えられまい……だが正直に、町会所の金に手を付けましたと言えば、まだ救われる道がないことはない」

恩着せがましく言いながら、古味は柾吉が素直に認めるよう迫った。盗みが他人のためであったとしても、その罪が軽減されるわけではないが、町奉行や吟味方与力の胸三寸で、温情の判決が出ることもある。

「――どうなんだ……」

「…………」

「さあ、正直に言わねえかい！　手代を辞したからって済むことじゃねえぞ。早手廻しに辞表なんざ書きやがったようだが、手のない将棋は負け将棋ってな、おまえはとうに詰《つ》んでるんだよ」

古味が迫ると熊公も「吐け」と怒鳴りつけた。

「おまえみたいな奴が、大江戸八百八町にはけっこういて、公金に手を付けて影富を買うバカもいるんだ。どうなんだ」

「私は町会所の金で影富を買ったわけじゃりませんが……そうですか……」

「何が、そうですかだ」

熊公が首根っこを摑むと、古味はやめろと止めて、

「影富のことはともかく、『野田屋』のためとはいえ、使い込みをしたのだな」

「――はい。おっしゃるとおりです」

柾吉は覚悟を決めたように認めた。すぐに古味は熊公に、牢部屋に連れていくように命じてから、柾吉に言った。

「後は、鮫蔵とのことも含めて、吟味方与力が調べるから、しばらく牢内で反省する

んだな。これもまた自業自得だ」

「申し訳ありませんでした」

意外にも素直に頭を下げた柾吉に、古味は殊勝であると言葉を投げかけた。

するると、片隅で見守っていた吉右衛門がおもむろに立ち上がり、

「宜しいですかな」

と古味に向かって言った。

「また、ご隠居か……なんだ。横槍なら受け流すぞ」

「一応、町会所の見守役ですので、意見のひとつとして聞いて下さいまし」

「なんだ」

面倒臭そうに言うと、和馬が助け船を出した。

「町方なのに、勝手に俺の屋敷まで踏み込んできたが、こっちは邪魔もせず柾吉を差し出したのだ。意見くらい素直に聞け」

いつになく和馬も厳しい声である。格上の旗本からの言葉なので、古味は仕方なく引き下がって頷いた。

吉右衛門は穏やかに、丁寧な口調で説明した。

「柾吉さんは、五十両を使い込んだりしておりません。『野田屋』に渡したお金は、

たしかに町会所から出たものですが、それは〝貸し付け〟たものです。無利子無担保無期限で、信用を担保に貸しました」

「なんだと……」

「これを柾吉さんが独断でしたことには問題があるかもしれませんが、年に百両までは、手代の采配で判断できる決まりになっております。そうですよね」

本所方与力に声をかけた吉右衛門に、相手は素直に頷いた。本所方はそもそも事件などには関係せず、冥加金《みょうがきん》や運上金《うんじょうきん》などの出納《すいとう》を司《つかさど》るいわゆる町政を担う役職である。ゆえに、町会所との連絡もふだんから密に行っている。

「その帳簿は私もキチンと確認しました」

吉右衛門はそう言ってから、証拠として後で差し出すと付け足した。

「では、不足している五十両……実はこれ、ここ数年に亘《わた》って、少しずつ懐《ふところ》した者がおります。その人を……」

「ご隠居──！」

怒ったように柾吉は言ったが、古味は続けろと命じた。

「町会所の金をちょろまかしていたのは、実は町名主の杉左衛門さんでした」

「なんだとッ」

「私とは碁敵《ごがたき》でもありますので、正直に話してくれました。少し惚《ぼ》けているので、自分が幾ら取ったかも覚えてないようです。もうとっくに商売も畳《たた》んでいるし、さほど悪気はなかったのでしょうが、それに気付いた柾吉さんが庇《かば》ったのでしょう」

「…………」

「なんというか、柾吉さんは側杖《そばづえ》を食うことがあっても、文句を言う人じゃありませんでした。人のせいで自分の身が痛い目に遭っても、我慢する人柄なんです」

「ご隠居……」

柾吉は申し訳なさそうに、吉右衛門のことを見ているうちに、じんわりと涙が出てきた。自分のことを、誰かがこうして庇ってくれたことなど、ついぞなかったからである。

「町名主の杉左衛門さんも、『野田屋』の弦兵衛さん同様、この町のために献身してきた人たちですよ」

「だからといって、公私混同にしてはならぬ」

「あちこちで袖の下を取っている、古味さんらしくない正しいお言葉、痛み入ります」

皮肉を言ったが、吉右衛門はやはり穏やかな顔のままで、

「でもね、古味さん……これはいわば内輪の話です。夫婦や兄弟がちょいと貸し借りしたような話だと私は思います。だから、何かで穴埋めをすればいいことです」

「だがな……」

「はい。分かっております。ですから、柾吉さんは影富で当たった金で、杉左衛門さんの穴埋めをしようと思ったのでしょう」

吉右衛門はそう訴えてから、改めて古味に言った。

「ですが、鮫蔵って人の影富の話は別です。ちゃんと調べて、これ以上、被害が出ないように宜しくお頼み申し上げます」

煙に巻かれたような気分になったが、古味としても、町内の銭金のことで、しかも自分たちで解決するというならば、これ以上のことは町方同心としては言えなかった。

「――それで、どうでしょう……」

改めて、吉右衛門が古味の顔を覗き込むように訊いた。

「当たり籤の百両。鮫蔵から取り上げることはできませんかねえ」

「そりゃ、無理だ」

「まあ、どうでしょうねえ……でも、勿体《もったい》ないなあ……桜二七七二……」

吉右衛門が溜息をつくと、熊公が例の瓦版を取り出して、

「たしかになあ……これを取るだけ取って、鮫蔵を縛り上げるか」

と言うと、柾吉も調子に乗って、「これです」と富札を差し出した。

熊公がそれを感慨深げに見ていると、

「——あれ……こりゃ、桜二七七三……だぜ」

「ええッ」

「当たり籤じゃねえよ。一番違いだ」

「う、嘘でしょ……」

柾吉は信じられないと思わず、富札を取り返して、まじまじと見た。

「ほ、ほんとだ……日誌には書き間違えたのか……？」

「それでも、一番違いだから一両は貰えるぞ」

と熊公が言うと、和馬が横合いから、

「だったら、俺に返せるな。無事、親父の形見の丹前も戻ったし、言うことないではないか。なあ、柾吉……よかったなあ」

「は、はあ……」

柾吉はガックリと項垂れたが、どうやら菊川町の者は誰も傷つかずに済んだようだ。不足分の五十両は、何とかするであろう。

その後、鮫蔵は頼母子講を模した不正な富籤を行ったということで、〝取退無尽《とりのきむじん》〟という犯罪扱いとなり、獄門送りとなった。

これを機に、天保十三年（一八四二）に水野忠邦《みずのただくに》が、影富のみならず、突富《つきとみ》興行の一切を禁止したことは語るまでもない。

第三話　幻の城

一

純白の段幕《だんまく》に囲まれた中庭で、白装束の武士が切腹しようとしている。その向こうには、何処かは分からぬが、立派な黒塗りの天守閣が見えている。

作法どおり三方《さんぽう》を腰に廻して、イザ腹を切ろうと奉書紙に巻いた短刀を構えたとき、ひらひらと桜の花びらが散ってきた。紙吹雪《ふぶき》のように広がって、若侍の顔にも降りかかった。

その若侍はなんと――高山和馬である。

鮮やかな桜の花びらを仰ぎ見ると、和馬は一瞬、腹を切るのをためらった。すると、裃《かみしも》姿の見届け人ら数人が険しい顔で、「早くやれ」とばかりに睨みつけた。

和馬の背後には、襷《たすき》がけに白綾《しろあや》を頭に巻いた首斬り役がおり、刀を振り上げて頸椎《けいつい》に落とす間合いを見計らっている。

首の骨を断ち、皮一枚で残すのが首斬り名人といわれている。しかも、短刀の先が腹に触れた瞬間にスパッと一太刀で行う。その緊張した首斬り役が止めている息ですら、和馬の耳には聞こえる気がした。

「――ああ……」

どうして、このようなことになったのか、和馬には思い当たる節がなかった。ただ、勘定方《かんじようがた》にいた父親の俊之亮《としのすけ》も、他人の罪を被《かぶ》って死んだことを、和馬は思い出していた。

厳しいけれども常に穏やかな顔をしていた父の顔が、一瞬だけ脳裏に浮かんで消えた。無実の罪で切腹しなければならなかった、父の無念は如何《いか》ばかりだったであろうか。

「機嫌は自分で取れよ」

と言うのが父の口癖だった。何事にもすぐにふて腐れたり、投げやりになった和馬にかける言葉だった。

その言葉が耳に残っていたから、和馬は何事も自分のせいでなくても、辛抱《しんぼう》我慢《がまん》を重ねてきた。お陰で滅多なことでは腹を立てることもなくなり、人の心を思いやることが増えた。

お陰で、小普請組旗本であるが、自分のできる限り、貧しい人や病《やまい》の人などを救ってきた。それが侍として生を受けた、自分の使命だと思っていた。だが、それが仇《あだ》になったのか、それとも別の理由なのか分からぬ。ただ、

——おまえは間違いを犯した……。

という何者かの一言で、和馬は奈落《ならく》の底に突き落とされたのであった。

間違いとはなんだったのか、和馬にはまったく覚えがない。考えても思い出すこともできない。もし己が罪なことをしたのであれば、潔《いさぎよ》く腹を切ってもよいが、この場に臨んでも一向に、どのような間違いをしたのかサッパリ分からないのだ。

「怖《お》じ気《け》づいたか、高山……」

壇上にいる見届け人の顔にも、見覚えがなかった。和馬は一瞬のうちに、これまでの来《こ》し方が次々と脳裏に閃光のように燦《きら》めいては、あっという間に消えていった。

「——ゆく山に、桜が咲けば、また楽し……」

辞世の句のつもりか、和馬は誰に聞かせるでもなく呟いてから、エイッと思いを込めて腹に短刀の切っ先を突きつけた。

その途端、「イテテテ！　痛い痛い！　なんじゃ、これは！　めちゃいたい！」と喚《わめ》きながら、のたうち回った。

「は、早く斬れ……首を刎《は》ねてくれ……」

藻掻《もが》きながら叫びたいが声にならぬ。気を失いそうになって、前のめりに倒れ、勢い余って横転した。

その顔を覗き込んだ首斬り役は、吉右衛門であった。

「和馬様。如何《いかが》なされました、和馬様」

「あっ……なぜ、おまえが……」

「しっかりなさいませ。何処が痛いのでございますか」

そう言いながら吉右衛門がバッサリと刀を振り下ろした──ところで目が覚めた。

目の前には、吉右衛門がいる。自分の屋敷の布団の上だった。

「どうやら悪い夢を見ていたようですな」

「夢か……だが、痛い……本当に、痛いのだ……」

和馬が腹の辺りを探ると、扇子《せんす》の先の角《かど》が丁度《ちょうど》、脇腹の下辺りに食い込んで、真っ赤になっている。

「どうやら、扇子の仕業《しわざ》のようですな」

苦笑した吉右衛門は、閉めきっていた雨戸をガラガラと開けた。

「昨夜は、小普請組の人たちとの寄合で、飲めもしないのに少々、無理をなさったようで、着替えもせず、そのまま……」

吉右衛門に言われてみると、刀も脇差しも床に置いたままだった。

「切腹をしている夢でも見ましたかな」

「おお、まさしく、それよ……」

和馬は立ち上がると、今しがた見たばかりの夢の話をしながら、まだ痛む脇腹を押さえながら外を見た。

「桜は咲いておらぬな……」

「もう夏ですぞ。頭も打ちましたかな」

「うむ……だが本当のようだった……おまえに首を打ち落とされるところだった」

「さようですか。それは正夢《まさゆめ》かもしれませぬな」

笑って言う吉右衛門に、和馬は忌々《いまいま》しい顔になって、

「縁起でもないことを言うな」

「でも、今年はお父上がお腹を召されてから、十三回忌《き》になるのではありませぬか」

「そういえば……」

和馬は仏壇を振り返った。

「切腹の場が夢に現れるとは、お父上はさぞやご無念だったのでしょうな。もしかしたら、まだ西方浄土には行かれておらず、この辺りにいるのかもしれませぬな」

「そうかな……」

「嫁でも貰っていれば、亡きお父上もお母上も安心召されると思いますが」

「またその話か……おまえはいつから小姑《こじゅうと》のようになったのだ」

吉右衛門は手際よく高膳《たかぜん》を運んできて、朝餉《あさげ》の仕度《したく》をしながら、夢の中にお父上は現れなかったかと訊いた。

「いや、顔は現れなかった……腹を切る直前、父のことは思い浮かべたがな」

「なるほど、無言ながら何かを伝えたかったのかもしれませぬな」

意味深長《いみしんちょう》なことを言う吉右衛門に、高膳の前に座った和馬は訊き返した。

「何を伝えたかったのだ……おまえは、夢占いのようなこともする、不思議な爺《じじ》イだと評判だからな。思い当たる節があるなら、言ってみてくれないか」

「そうですか……では……」

神妙な顔つきになった吉右衛門は、味噌汁を飲み始めた和馬に、昨夜の小普請寄合で小耳に挟んだことを伝えた。

「――小普請寄合って、おまえも来ていたのか」

　不思議そうに和馬が訊いた。

「それも忘れているのですか……困ったものですな……皆様、中間《ちゅうげん》や小者《こもの》を連れての集まりです。酒が出ますので、帰り道が危のうございますから、それで」

「ああ、そうだったな……で、何を聞いたというのだ」

「覚えてませぬか。議案にも出ましたが」

「またぞろ、大川河口の浚渫《しゅんせつ》のことであろう。そのために俺は、これまでも人足を集めるために、口入れ屋の真似事をしたり、七分積金《しちぶつみきん》のような蓄え《たくわ》も……」

　めったに自慢話をしない和馬が、あれこれ言い始めるのを、吉右衛門は止めて、

「本当に覚えてないのですか」

「分からぬ……酒も少し飲んだしな……下戸《げこ》なのに無理しなきゃよかった……」

「では改めてお伝えしますから、耳垢《みみあか》をくり抜いて、よく聞いて下さい」

　吉右衛門はわずかだが、憂いを帯びた顔になった。

「実は、此度《こたび》、若年寄になった永井摂津守《ながいせっつのかみ》忠重《ただしげ》様のことでございますが、帝鑑之間《ていかんのま》詰めの譜代《ふだい》大名であることから、特別に番方《ばんかた》として、幕府の旗本から数名、側近を求めているとのことです」

「側近……ああ、そんな話をしていたな」

「老中や若年寄といえども、江戸上屋敷や中屋敷などでの執務は、ご家臣がなされますが、江戸城中にあっては、当然、幕府のそれぞれの役職の者が従います。ですが……」

「なんだっけな……」

首を傾げる和馬に、吉右衛門は呆《あき》れ顔になって、

「ほんに情けないことですな……城中警護のために、無役の小普請組から選ばれることになりました。上様警護の大番方《おおばんかた》や書院番《しょいんばん》などから出すわけにはいきませぬのでな」

「つまり、若年寄付きの警護番だな」

「そうです」

「しかし、城中で警護というのもな……茶坊主《ちゃぼうず》などがいるではないか」

茶坊主というのは、小間使いではなく、坊主頭にしているが歴とした武士で、旗本職なのである。立場は微妙だが、幕閣や大名を取り持つ役職であるため、賄賂《わいろ》を受け取ったり、立身出世の機会もある。だが、警護役ではない。

「だから、特別に永井様には城中での警護役を付けて貰いたいとのことなのですが、

その理由は……江戸城中であっても、誰かに狙われることを異様なほどに案じているとかでしたな」

「へえ、そうなのか……」

「――和馬様……何をしに参ったのです」

また呆れ返る吉右衛門に、和馬は魚の骨を取りながら訊いた。

「まさか、俺が選ばれたわけではあるまいな、その警護役に」

「選ばれました」

「なぜだ……俺は嫌だぞ……お城勤めなんて、気が滅入ってくる」

魚の骨を取るのがめんどくさくなって、がぶっと食べると歯茎に骨が刺さったようで、「痛い、痛い」と顔を顰《しか》めた。

「ほんと痛みに弱いですな……警護といっても、城中にて案内をするだけのことです」

「案内……」

「ご存じのとおり、若年寄といえども下馬場《げばじょう》から中は、供侍《ともざむらい》ふたりと挟み箱持ちひとりしか入れませぬ。他の家来たちは、本丸の外の詰め所で殿様の帰りを待ってます。で、城中は控え所から詰め部屋まで、歩く道程が決まってますから、間違ったら

「だから、その案内役として、小普請組旗本の中から、数人選ばれたのです。和馬様はそのひとりでございます」

「もしかして、夢では道順を間違えて切腹させられたんじゃあるまいな……」

「そうかもしれませんね。でも、茶坊主がおりますから、ご心配はいりません。それよりも恥を掻かぬよう、殿中の礼儀作法を何方《どなた》かに教えを請うて篤《とく》と学ばれてから、お勤めにお行きなさればよろしかろう」

「よろしかろうって……偉そうになんだ……痛い痛い……ちゃんと骨を取ってから、出してくれよ、まったく」

文句の多い主人だが、人柄はすこぶる良いことは吉右衛門は百も承知している。小普請組という無職同然の旗本だからこそ命じられた、厄介《やっかい》な務めだ。が、実入りも多くなることだからと、吉右衛門は説得したのだった。

「――ああ……痛いなあ……もう……」

町人や百姓が困っていれば何がなんでも突っ走っていくのに、お上《かみ》のためだと、まったくやる気のない和馬だった。

二

永井摂津守の上屋敷は、数寄屋橋《すきやばし》門内にあり、下屋敷は青山信濃町《あおやましなのまち》にあった。数寄屋橋門内から江戸城本丸までは目と鼻の先であり、若年寄になったのを機に拝領した。紋付きの裃《かみしも》姿に身を整えて、和馬が面談に訪れたのは、切腹の悪夢を見てから三日後のことだった。

番小屋が左右にある大きな長屋門の屋敷は、まるで十万石の大名のようであった。領国は上野《こうずけ》小幡《おばた》二万石に過ぎないが、やはり若年寄に抜擢されると待遇が違うのであろう。

和馬とて一応、御目見得《おめみえ》以上であるから、江戸城中に入ったことは何度かあるものの、老中や若年寄という幕府重職と顔を合わせたり、話を交わすことはまずない。ただでさえ、緊張が強いられるのが嫌な気質《たち》なのに、

――とんだ場違いな所に来た……。

と不安に駆られていた。

案の定、永井摂津守は噂どおりの謹厳実直《きんげんじっちょく》な堅苦しい武士で、能面《のうめん》のように強張《こわば》

った顔で、わずかな笑みすら浮かべない。髷《まげ》には白いもの混じっており、体はさほど大きくはないものの、如何《いか》にも文武両道に優れている風貌と体軀であった。

「高山和馬殿でござるな」

声をかけてきたのは、永井摂津守の用人で、田野倉《たのくら》兵庫《ひょうご》と名乗った。四十絡みだが、これまた武人らしい濃い眉毛で、口元も意志が強そうでキリリとしていた。

「ハハ。この度は、大変な役儀を賜《たまわ》り、迷惑至極《めいわくしごく》で……あ、もとい……名誉なことでごじゃりまする。それがし、小普請組旗本、たんたん……高山和馬と申す、畏《おそ》れ入って候《そうろう》でござる」

しどろもどろの和馬だが、永井摂津守も田野倉も苦笑すらしなかった。

「堅苦しくならずともよい。そこもとは、小普請組きっての新陰流《しんかげりゅう》の名手と聞き及んでおる。その腕前を頼みとして、殿の江戸城中にての側役《そばやく》番士をお願い致しました」

「と、とんでもありませぬ……それがし、剣術は適当でごじゃりまして……」

「いえいえ、ご謙遜なさらずとも、上様上覧《じょうらん》の剣術試合では、最後まで勝ち残ったとのこと、聞き及んでおります」

「あ、それならば、もう十年ほど前のことで、しかも、相手が悉《ことごと》く、風邪を引いたり、食あたりなどで体調が悪いときばかりでして……しかも最後の試合では、相手が棄権をしたので、私が……そういう次第です」

「……そうなのですか」

残念そうに田野倉は言ったが、和馬は正直に述べただけだった。

「それに、田野倉様……殿中では刀を預けております。脇差しは許されますが、これも時と場合によっては、無腰となります。ですので、江戸城本丸での剣術の腕前は、あまり用をなしません。というか、刀を抜いたら、それこそ切腹ものです」

切腹——という言葉に、自分で反応して、項垂《うなだ》れた和馬を見て、

「いやいや。緊張が解れると流暢《りゅうちょう》に話されるではないか。安心致した」

と田野倉は初めて穏やかな笑みを湛《たた》えた。

和馬は周りを見廻したが、小普請組の者たちはいない。

「あの……他の連中は……」

「此度、採用に決まったのは、そこもとだけです」

「ええっ。私だけ……しかし、寄合の折に聞いた話では……」

「そこで、どのような話し合いがなされたかは知りませぬが、名の上がった数人の中から、そこもとが適任だと、殿も判断されたのでござる。理由は今し方、述べたとお

りです」

「はあ……」

どうも釈然としない和馬だが、たしかに殿中の案内人は茶坊主もいることだし、大勢いても仕方があるまいと思った。

「それよりも……改めて、伝えておきたいことがござる」

田野倉は屋敷内でありながら、わずかに声を低めた。壁に耳あり障子《しょうじ》に目ありとでも、言いたげな用心深さである。

「実は、殿は〝十人抜き〟という異例の出世で、若年寄に抜擢されました。とはいっても、ご覧のとおり、まもなく還暦を迎えまする。私もかように四十二の厄年《やくどし》を過ぎ、考えてみれば二十年近く、猟官《りょうかん》暮らしをしておりました」

「そんなに若年寄になりたかったのですか……」

思わず和馬は訊き返した。

「私なんぞ、何かお役目が付くというだけで憂鬱《ゆううつ》になりますが……あ、ご身分や志《こころざし》がまったく違いますので、失言です」

「いやいや。我が藩の石高では老中にはなれませぬからな、若年寄になるのが殿の若い頃からの夢でした。領国では、民百姓から名君と讃えられる良き政事《まつりごと》をしてきたのですが、それを御公儀の規模でやれば、将軍家のお膝元の江戸や天領、諸大名の国々でも、領民が幸せに健《すこ》やかに暮らせる……側に仕えてきた用人として、私もそう思います」

これほど誉め称えているのに、永井摂津守の方は照れるでもなく、当然のように聞いている。和馬はそこに違和感を抱いたが、

――まあ、殿様とはおおむね、自分のことは分かってないからな……。

と心の中で思って、特に反論はしなかった。

「自分の領国で良き政事をして、それを元に天下国家に広げたのは、八代将軍吉宗《よしむね》公がそうでございましたね。享保《きょうほう》の頃の、吉宗公の御改革を手本に、この天保の世にあっても水野忠邦様はご改革をなさってます」

「さすがは高山殿……我が殿の真意を汲んで下さっておりますのか」

「いや、そこまでは……」

「ご謙遜《けんそん》を……そこもとが名もなき民のために、私財をすべて投げ出していることも、耳に入ってきております。だからこそ……」

殿の側に仕えて欲しいと念を押して、田野倉は続けた。

「とにかく、若年寄となって新しい幕府の改革に情熱を燃やしているのですが、先程

も申したとおり、牛蒡《ごぼう》抜きで出世したがため、やっかんでいる者も多いのです」

「何処《どこ》もそういうものなんですね……」

「異例の出世といっても、苦節二十年……一言では言い尽くせぬ艱難辛苦《かんなんしんく》に耐え……」

田野倉の苦労話は長くなりそうなので、早く用件を言ってくれと、和馬は言った。

「そうでした……そのやっかんでいる連中は、江戸城中にうようよおりましてな。いつ何時《なんどき》、殿の命が狙われるやもしれんのです」

「それは、どうでしょう……殿中で刃傷沙汰を起こせば、それこそ切腹ですし……」

「承知しております。ですが、食べ物や茶に混ぜて、毒を入れる輩《やから》がいるかもしれませぬ」

「あの……江戸城中では、原則として飲食は禁止でございます」

「え、そうなのか……」

意外な顔になって、田野倉は訊き返した。

「城中といっても、お詰めになる本丸御殿でのことです。上様とか大奥は御広敷《おひろしき》の役人たちが、千人もいてお作りしますが、まあ例外はあるにしても、老中・若年寄様となれば、登城の刻限が四つで下城が八つですから、わずか二刻ばかりです」

「食えぬのか……」

「茶坊主がいますが、茶を運ぶ訳ではありません。まあ、茶くらいは出ますが、これとて出されるものに不安があれば、水筒にて持参の茶でも構いません。やはり、その昔、毒殺などがあったから、禁止なのでしょう」

「……知らなんだ。では、城中の役人たちは、みな、どうしておるのです」

「握り飯などを持参している者もおりますが、朝晩の食事で充分でございましょう。空《す》きっ腹で働いているのです。私はそれが嫌で、御城勤めを断っているのです」

「さようか……」

「団子や饅頭《まんじゆう》だって、好きなときに食べたいじゃないですか……というか、国元のお城では、どうなさってたのですか」

「昼間は和気藹々《わきあいあい》と縁側や中庭などで、握り飯を食べていたがなあ」

田野倉はガッカリしたように言うと、永井摂津守は少し苛《いら》ついた様子で、

「飯の話はよい。つまり、毒殺を含め、暗殺されるかもしれぬから、江戸城中での警護役をおぬしに頼みたいのだ。我が藩の家臣が江戸城中に入れる数は決まっておるからな」

と強い口調で言った。

「はい。それは分かりますが、若年寄ともなると、番方が付きますし、伊賀者《いがもの》を使うこともできるかと存じます」

「そやつらが信用できぬからこそ、おぬしを頼みにしているのだ」

「いやいや、俺なんか……」

この際、はっきり断った方がよいと思ったが、永井摂津守はスッと立ち上がり、

「では、明日から、頼んだぞ」

と話を切り上げて奥に入っていった。

「——なんだかなあ……」

憂鬱《ゆううつ》よりも、何か危ない目に遭うのではないかという恐怖の方が頭に浮かんできた。

だが、田野倉はまだ首を傾げながら、

「そうか……飯はダメなのか……」

と実に残念そうに呟きながら腹を撫でていた。

その用人の情けない姿にも、和馬は不安を抱いていた。

三

深川の十万坪《じゅうまんつぼ》辺りから東へ行くと、俄《にわか》に田園風景が広がる。その豊かな緑と、江戸湾や空の青さが美しく、誰もが足を止めた。遙《はる》か遠くには富士山や房総《ぼうそう》の山々、三《み》浦《うら》半島なども眺めることができるからだ。

沖には大きな五百石船や無数の漁船が点在し、燦《きら》めく海面はまさに北斎《ほくさい》や広重《ひろしげ》の絵のようだった。海沿いには松原が続いており、旅人もわざわざ浜辺を歩いていた。

深川診療所医師・藪坂甚内の供《とも》をしていた産婆兼骨接ぎ医の千晶も、普段から見慣れている景色のはずなのに、思わず背伸びをしながら溜息をついた。

「ここから眺める富士山は日本一……松原の向こうに海、江戸の町、相州《そうしゅう》の山の向こうに聳《そび》える富士……こんな景色を見ていると、病なんか吹っ飛びそうですけどね」

千晶は思わず波打ち際まで走って、そのまま海の中に入って、足首まで浸かった。

「おいおい。診療所では患者が沢山《たくさん》、待っているのだ。急ぐぞ」

子供に言うように藪坂は声をかけた。それでも構わず、千晶は本当に小娘のように、砂浜で波と戯《たわむ》れていた。

ほんの一刻ほど前まで、かつては下総《しもうさ》に属していた葛西《かさい》まで、往診していたのである。近くに村医《そんい》もいないような貧しい村々である。

その昔、葛西権四郎《ごんしろう》という者が、家康《いえやす》の江戸入封《にゅうほう》の頃から、ずっと江戸城の糞尿《ふんにょう》を独占的に汲《く》み取っている。これは上質なもので、良い肥料として使われていた。ゆえに葛西の野菜は上物であり、村々はかつて栄えていた。が、近頃は肥料が改良され、江戸近郊の大島《おおじま》、猿江《さるえ》、亀戸《かめいど》辺りでも、良い野菜ができるようになったため、遙々遠くから売りに来ても、なかなか商売にならなかった。

だが、藪坂は、和馬の助言もあって、〝窮民救済《きゅうみんきゅうさい》〟の一環として、沢山の野菜を仕入れて、診療所の食材としてだけではなく、近所の人々に配っていた。それを作る百姓たちは、なかなか医者にも通えないので、藪坂らが診《み》に行っていたのである。

深川に近づくと江戸湾に面して、大きな武家屋敷が幾つも並んでいる。その中で、一際《ひときわ》大きいのが、かつて老中首座《しゅざ》も務めた、松平出羽守《まつだいらでわのかみ》の屋敷だった。その辺りに行くと、砂浜も武家屋敷の庭となるため、また道に戻らねばならない。

「千晶。あまり屋敷に近づくな。流れ矢が飛んでくるぞ」

藪坂が注意するよう声をかけた途端、

――ヒュン。

と空《くう》を切る音がして、矢が飛来し、千晶の足下の砂浜に突き立った。危うく体に当たるところだった。

「何するのよ。何処に向かって射ってるのよ」

思わず千晶は、松平出羽守の屋敷に向かって文句を言った。

すると、武家屋敷の裏手の通用門が開いて、数人の侍が勢いよく飛び出てきた。いずれも直垂《ひたたれ》に射籠手《いごて》、両足には行縢《むかばき》という狩り装束のような格好であった。まるで威《い》嚇《かく》するかのように、腰の太刀に手をかけている。

——これは、まずい。

と思った藪坂も、すぐさま千晶の方に向かって駆け出したが、松平家の家臣たちの方が早く接近していった。

「きゃっ……！」

千晶は思わず逃げようとしたが、

「待たれい。待たれい」

と背後から呼び止められた。足を止めた途端、あっという間に家臣たちに追いつかれてしまって、千晶は思わずしゃがみ込んだ。

「女……何処も怪我はないか」

家臣のひとりが慌てたように声をかけた。

「えっ……」

振り向くと、千晶はすっかり取り囲まれていたが、家臣たちはいずれも心配そうな顔をしていた。近くに落ちていた矢を拾い上げた、最も上役と思われる侍が、千晶の前にしゃがみ込んで、

「拙者、松平出羽守が家臣、用人の矢沢栄之助《やざわえいのすけ》でござれば、まこと怪我はないか」

と顔や体を覗き込んだ。

「だ、大丈夫です……な、なんですか」

「いやいや。若君が、弓の稽古をしていたのだが、明後日《あさって》の方に飛んでしまってな。このとおりだ、申し訳ない」

膝を砂浜について謝《あやま》った矢沢を、千晶は却《かえ》って、恐縮して見やって、

「何でもないから、もう結構です……お武家様にそんなに謝られると、なんだか却《かえ》って気持ち悪いです」

「まこと、すまぬ」

もう一度、謝ったとき、藪坂が近づいてきて、

「幸い命中しなかったが、胸に当たっていたら死んでいたかもしれませぬな」

「あ、はい……」

　と振り向いた矢沢に、藪坂は挨拶をした。

「私は、深川診療所の藪坂甚内という町医者。この女は、うちで働いている千晶という骨接ぎ医でございます」

「医者……」

「何事もなかったから良かったですが、これからは、塀を高くするか、網で囲んでいただきたい。この辺りは、子供らでも浅蜊《あさり》を漁《あさ》りに来ますからな」

「——洒落《しゃれ》ですか」

「こんなときにふざけないで下さい」

「ハッキリとものを申すお医者様ですな。これは頼もしい。いずれ、うちの若君も診てやって貰えまいか」

「とんでもない。こっちは、薬代も払えない貧乏人ばかりが相手でございますので」

　あまりにも堂々としている藪坂を、矢沢たちは逆に感服して見ていた。

　そこへ、白い狩衣《かりぎぬ》の若君らしき者が、遅れて駆け寄ってきた。家臣たちは一斉に若君の方へ戻って、周辺に気配りしながら警護をした。矢沢も慌てて、戻りながら、

「若君！　屋敷から出てはなりませぬ。お戻り下さいませ！」

と声をかけてから、「御免」と藪坂と千晶に頭を下げて引き返した。だが、若君は屈託のない様子で弓を脇に挟み、物見遊山《ものみゆさん》でもするように歩いてきながら、

「悪かったな、娘。傷物《きずもの》にするところじゃった。勘弁《かんべん》せい」

と悠長な声をかけてきた。

千晶はまた恐縮しそうになったが、その若君の顔を見て、アッと固まった。

「――なんだ、和馬様だったの……」

「え……？」

若侍は凜《りん》とした態度ながら、不思議そうに千晶を見下ろした。その若侍の方も、一瞬、凍りついたように千晶を見た。

「てっきり永井様のお屋敷に上がっていると思っていたけれど、松平様だったの」

「な、何がだ……」

「若年寄の永井摂津守様にお仕えすると、ご隠居さんから聞いてたけど、こんな近くにいたんだね。だったら、たまには診療所にも顔を出して下さいな」

立ち上がって気さくに若君の肩をポンと叩くと、先程の矢沢が千晶を突き飛ばすような勢いで間に割って入り、

「貴様ら……通りがかりを装っての不埒者《ふらちもの》か……」

「はあ？」

「永井摂津守と聞こえたが、まさかうぬら永井の間者《かんじゃ》ではあるまいな」

若年寄を呼び捨てにする矢沢を、千晶は一瞬、吃驚《びっくり》して見たが、

「診療所には沢山、重い患者がいますけどね」

と返した。

「ふざけるな。何奴《なにやつ》だ」

身構えた矢沢につられて、他の家臣たちも若君を庇いながら、今にも抜刀せんとばかりに柄《つか》に手をかけた。

すぐさま藪坂が前に出て、千晶の手を引いて、

「お待ち下さい……いやいや、若君があまりにそっくりなのでな……私たちが大変、世話になっている小普請組旗本の高山和馬様に、瓜《うり》ふたつだ……いや、驚いた」

と言った。

矢沢は訝《いぶか》しげに、ふたりを見ていたが、千晶も若君を凝視すると、たしかに面差《おもざ》しが少しふっくらとしているし、背丈も和馬の方が高い気がする。だが、何気なく微笑《ほほえ》んだ感じや歩き方は似ている。

——いや、何か理由があって、惚《とぼ》けているのかもしれない。此度は大変な密命を帯

びているようなことを、話していたし……。

と千晶は思い直し、ここは惚《とぼ》けて引き下がることにした。

「申し訳ありません。私、生まれつき、早とちりをよくするもので……ご無礼の段、お許し下さいませ……でも、矢はもう海に向かっては射ないで下さいましね」

ニッコリと千晶が笑いかけると、若君も何か合図をするかのように目配せをした。

千晶は首を傾げたが、

——やはり、和馬様ね……。

と思って、目配せをすぐに返した。

そんな様子を矢沢も気付いたようだが、「若君、なりませぬぞ」と意味深長なことを言って、屋敷の方へ誘《いざな》った。何度か、千晶の方に振り向きながら、若君は家臣たちに囲まれたまま、通用門から屋敷内に消えた。

「いや、それにしても似ておるな……世の中には七人、そっくりな者がいるというが、まさしく、あの御仁《ごじん》は……」

藪坂が深い溜息をつくと、千晶は苦笑して、

「本物の和馬様ですよ」

「えっ……」

「見てなかったのですか、目配せを……たぶん何か事情が変わったんでしょうね。家臣たちにも、どことなく遠慮がちだったし」

「そうか？　別人に感じたがな、雰囲気や物腰が……」

「芝居ですよ、きっと。弓矢なんか持ったことないから、鍛錬してたんじゃないんですかね。それにね……ここん所の小さな黒子《ほくろ》は、和馬様って証拠」

と千晶は、自分の耳の後ろ、首根っこ辺りを指した。

「――おまえ……まさか、和馬様と……前々から惚《ほ》れてるのは知ってたが、黒子を数えるほどの仲になってたのか」

「違いますよ、先生ったら」

バシッと必要以上に強く藪坂の胸を叩いて、

「大事な患者さんでもありますからね。それくらい見るじゃないですか、やだもう」

と千晶は照れ笑いをしながら、また浜辺を走り続けた。

藪坂は首を傾げて見送っていた。たしか和馬は永井摂津守に仕えたはずだが、松平出羽守の屋敷にいたのは妙だと、一抹の不安を覚えていた。

なぜならば、永井摂津守と松平出羽守が、長年の対立関係にあったことは、江戸庶民でも噂で知っていたからだ。永井摂津守がこれまで幕閣になれなかったのは、老中首座にまで昇り詰めた松平出羽守が絶対に認めなかったからである。もちろん、このふたりに如何なる因縁や確執があるかは、人々が知る由《よし》もない。

何か嫌な予感だけが、藪坂の脳裏を過《よぎ》ったものの、自分は一介の町医者に過ぎぬ。余計なことは考えまいと決めた。

四

「いや、それはまったく知りませせなんだ……あたたた……」

ご隠居の吉右衛門は、首を横に振りながら、肩を揉みほぐしてくれている千晶に言った。三日に一度くらい、同じ本所深川にある高山家まで訪ねてきては、骨接ぎ医として吉右衛門の体を整えているのだ。

「あたた……もう少し、お手柔らかに……」

吉右衛門が体を捩《よじ》ろうとすると、千晶は自分の膝を背中にあてがい、肘《ひじ》で肩を押したりして、痛がるのを構わず続けた。

「骨が歪んでいる証拠です」

「性根は歪んでないと思うがな……」

「いいえ。肩胛骨《けんこうこつ》や骨盤、座骨などが歪んで体が傾くと、歩くのも難しくなります。すると、内臓にも負担がかかって、癇癪《かんしゃく》などを起こし易くなります」

さらに千晶がツボを強く押すと、吉右衛門は我慢できないように顔を顰《しか》めながら、

「先程の話ですが、和馬様は本当に、松平出羽守様のお屋敷に……？」

「ええ。私も吃驚しました。でもね、何か訳ありげでしたよ」

「訳あり……」

「なんというか、若君と敬《うやま》われながらも、家臣の人たちに操《あやつ》られているというか、見張られていた感じがしました」

「まあ、松平出羽守といえば、神君・徳川家康《とくがわいえやす》公の次男、結城秀康《ゆうきひでやす》公を祖とする、越《えち》前《ぜん》松平家宗家《そうけ》で、出雲《いずも》国松江《まつえ》藩の藩主ですからな、そんじょそこらの大名とは格が違いますよ」

「えっ。そんなに偉いんですか」

「しかも当代は、老中首座を務めたような御仁だから、若君はそりゃ大切にされて当然でしょう。無礼討ちにされなかっただけ、幸運と思って下さい」

「無礼討ちって……その松平家の若君に、和馬様がなっているのは、どういう訳なのですか。ご隠居も聞いてないのですか」

「本当に知りません。私は、いたた……若年寄の永井摂津守の……と聞いてます。痛い」

「そうですか……じゃ、ご隠居に言えないような、何か曰《いわ》くがあるのでしょうかね」

千晶は、和馬の目配せが何を意味していたのか気になりながら、

「でも、家臣の人はみんな、和馬様のことを若君と呼んでいたのですよ。どういうことなのか、私にはサッパリ分かりません」

「はて、私にも……」

吉右衛門も疑問を抱きながら、

「松平出羽守の若君は、たしか……直秀《なおひで》様というお名前だったと思いますが、私も会ったことはありません」

と言うと、肩を揉みほぐしていた千晶の手が止まった。

「ええっ。ご隠居様、そんな偉い人に会えるご身分なんですか」

「いや、そういう意味では……」

「でも、前にも一度、一橋《ひとつばし》様の御家老と昵懇《じっこん》とかなんとか、ありましたよね」

「いやいや、間違われただけです」

「たしかに、ご隠居様は偉い御仁の風貌だし、いつも飄々《ひょうひょう》としながらも、まさしく

〝福の神〟の如く、色々なことを解決して、人助けばかりしてますもんね。私も随分と救われました」

「そうでしたかねえ……」

吉右衛門は相変わらず、惚けたように言うだけだが、千晶はポンと肩を叩いて、

「あ、そうか……もしかして、ご隠居さんは何らかの策略か何かで、松平出羽守様のお屋敷に和馬様を入れた。その前段階として、永井摂津守の警護役か何かに仕立てて
……そういうことですか」

と興味津々《きょうみしんしん》に訊いた。

だが、本当に吉右衛門は何も知らないのだ。小普請組の中から、若年寄の城中護衛役を特別に仰《おお》せつかったとしか思っていない。

「とにかく、私は何も知りませんよ……和馬様が失敗をせず、無事、お勤めができるよう祈っているだけです。そうすれば、実入りも少しは良くなりますからな。その分、診療所にも寄付ができるというものです」

「――それは有り難いですけど……ご隠居さんのそういう態度……私にはどうも、本当とは思えないんだけれど」

「そういう態度って……」

「なんか、ありそうなんだよねえ……」

千晶はさらに強く肩胛骨の周囲を柔らかくするために、腕を逆手に取るように捻《ひね》り上げていく。その都度《つど》、吉右衛門は悲鳴に近い声を洩らすのだった。

それから三日ほどして――。

破《や》れ寺を改装した深川診療所に、深編笠で着流しの侍がふらりと現れた。小者などは連れておらず、ひとりで山門を潜《くぐ》ってくると、近くで老婆の面倒を見ていた若手医師の竹下真《たけしたまこと》に声をかけた。

「御免。ここに、千晶という女はおるか」

「ええ、おります。お武家様は」

竹下は顔を覗こうとしたが、深編笠の侍は俯《うつむ》き気味に、

「呼んでくれぬか。その……茶店で待っておる」

とだけ言って立ち去った。

一瞬だけチラリと見えた顔は、まさしく和馬であった。竹下も和馬が若年寄付きになったことは耳にしていたので、何かを了承したかのように本堂の診察室まで呼びにいった。

門前に薬種問屋があるが、その隣が深川診療所の待合い場所代わりになっている。

しばらくして、千晶が茶店に来ると、茶店の奥の部屋に、侍はまだ深編笠を取らぬまま待っていた。

千晶はその姿を見るや、ニッコリと微笑んで浮き浮きと近づいた。竹下から、和馬であることを聞いていたからだ。

これまで、千晶は何度も、和馬の気を引こうと色々と試みてきた。だが、和馬の方は、気がないのか照れているのか、ほとんど相手にしてくれなかった。素晴らしかったのは、『狸穴《まみあな》の夢』で接した和馬だけだった。

「――お待たせ。珍しいわね。和馬様から呼び出しがくるなんて」

「…………」

「どうしたの、お茶も飲まないで……団子も食べてないじゃないの」

前に座った千晶は、皿にある団子をパクリと食べた。

「店の中だから、編笠くらい取りなさいよ……あ、それとも、私とのこと誰かに見られたくないのかしら……」

「まあ、そういうことだ」

「で、どうしたの。やはり、お城勤めは、和馬様の性に合いませんか」

「うむ、まあな……それより、ご隠居……いや、吉右衛門は無事息災《ぶじそくさい》かな」

「無事息災って、いつもどおり元気ですよ。あの歳で、お酒の四斗樽《しとだる》を抱えたり、猿《さる》のように屋根に登ったり、跳《と》んだり跳《は》ねたり、かと思えば剣術も柔術も凄ければ、四書五経に通じてるしさ、料理も美味《おい》しいし裁縫だって私よりずっと上手《じょうず》……本当は何者なの」

「――知らぬのか」

「知らぬのかって……和馬様は本当はご存じなのでしょ。私、どう見ても、ふつうの人とは思えません。きっと名のあるお大名とか、徳川家の凄い人とかかもね」

「さようか……」

小さな溜息をついた〝和馬〟に、千晶はじれったそうに言った。

「何かあったの?」

「え……」

「だって、若年寄の永井摂津守様なんて偉い人に仕《つか》えたと思ったら、今度は松平出羽守様でしょ……私、吃驚しちゃった。ご隠居さんから聞いたけれど、家康公の次男の家柄って、凄くない? 和馬様、永井摂津守もいいけれど、ご隠居さんの話だと格が違うお大名らしいから、いっそのこと、そっちに乗り換えちゃえば」

「うむ……そうだな……」

「このまま小普請組を続けていたってさ、いいことないじゃない。こんなこと言ってはなんだけどさ、和馬様のような方が偉くなって、人の上に立てば、この深川界隈にいるような貧しい人や病に罹《かか》っている人は、もっと助かると思う」

「…………」

「自分の俸禄をぜんぶ投げ出したって、たかが二百石じゃない。いえ、八十石だよね、取り分は……だからさ、何十万石か知らないけれど、そこのお殿様に気に入られてさ、本当の若君になって、儲けなさいよ」

「儲ける……」

「そしたら、私も晴れて大名の奥方様……ううん。側室《そくしつ》でもいいから、私のこと大切にしてね……聞いてる？」

千晶は自分ひとりが喋《しゃべ》っていることに気付いて、〝和馬〟の編笠の縁を指先で上げた。困ったような〝和馬〟の顔が、そこにある。その憂鬱そうな表情を見て、

「――やはり、何か辛いことがあるのね……嫌なら、辞めた方がいいですよ」

「うむ……」

「でないと、真面目な話、なんだか悪いことが起きそうな気がして……藪坂先生もちょっとそんなふうなこと言ってたし……」

「ああ、そうだな……」

「さっきから、ああとかうんとか、和馬様らしくない」

心底、案ずるような表情になった千晶に、〝和馬〟は優しく微笑み返し、

「そろそろ行かねばならぬ。そこもとの顔を見ることができて、よかった。また、ゆっくりと会おう。それまで達者でな」

と言って立ち上がった。そして、また深編笠で顔を隠すようにして、そそくさと表に出ていこうとした。

「あの、和馬様……」

つと立ち止まった〝和馬〟の背中に、千晶は声をかけた。

「ここのお茶代、私が払うの？」

「済まぬ。今、持ち合わせがなくてな。この借りは、いずれ必ず返す」

振り向きもせず、〝和馬〟はそう言うと、足早に立ち去った。

「もう、なんなのよ……」

苛立つ千晶の前に、お茶代が置かれた。振り返ると、いつの間に来ていたのか、吉右衛門が立っていた。

「おや、ご隠居……今、和馬様が……」

「みたいですな。やはり、お城だの大名屋敷だのは、いつもと勝手が違うようですな。でも、千晶さん……これからは、あの人が会いに来ても、気軽に応じてはだめですよ」

「あの人……」

「ええ。和馬様ではありませんからね」

「嘘……」

「私は毎日、寝食を共にしておりましたからね。分かりますとも」

吉右衛門は微笑んでから、まるで深編笠の侍を尾《つ》けるかのように立ち去った。

「寝食を共に……私も和馬様とそうしたい」

呟いた千晶だが、どうも訳が分からない様子だった。

五

深編笠の〝和馬〟は、松平出羽守屋敷の閉じられた表門まで来ると、出迎えていた矢沢たち家臣は狼狽《ろうばい》した様子で、

「何処へ行かれていたのです、若君……まさか、あの女の所ではありますまいな」

と訊いた。

「そのまさかだ」

素直に答えた若君は、矢沢たちに囲まれるようにしながら、潜り戸の中に入った。

「冗談はよして下さい。また悪い癖が出たのかと思いました」

心配そうに言う矢沢に、若君は深編笠を取りながら、不愉快そうに返した。

「悪い癖とはなんだ」

「ですから、その……見た女、見た女に手を出すという……」

「無礼なことを言うな」

少し強い口調で制すると、矢沢は恐縮したように腰を屈《かが》めて、

「これは申し訳ありません。ですが、万が一、あの者も敵の間者《かんじゃ》だとしたら……」

「それはない。俺が確かめた。正真正銘、ただの骨接ぎ医だ。が……」

若君は憂《うれ》えた目つきになったが、その先は言わなかった。

「が……なんでしょうか」

「おまえたちには関わりのないことだ。余計な詮索ばかりするな。私ももう、いい年だ。子供扱いするのはやめろ」

「子供扱いなどと……私たちは我が藩の安泰と、若君の将来のために……」

「もうよい。下がれ」

いつぞや浜辺で見せた、おっとりした若君とは違う顔つきであった。矢沢は仕方がないというふうに短い溜息をつき、他の家来たちにも、放っておけと目配せをした。

玄関から屋敷内に入ったところで、奥から来ていた貫禄ある老体が、少し掠《かす》れ気味ではあるが野太い声をかけた。

「直秀……勝手に出歩くでない。大事な時期であるゆえな」

鬢《びん》や鬢はすっかり白くなっており、目元や頰《ほお》は弛《ゆる》んでいる。だが、眼光だけは異様に鋭く、老体とは思えぬ気迫が漂っていた。直秀と呼ばれた若君は、振り向きもせず、

「心配性ですな、父上は」

当家の主《あるじ》、松平出羽守である。

「さよう。何事にも楽観はせず、慎重に慎重を重ねる性分ゆえ、老中首座になれた。江戸城中はもとより、諸大名どもはいつでも儂の寝首を搔こうとして、虎視眈々《こしたんたん》と狙っていた」

「無事、隠居するまで、さような目には遭わなかったではありませぬか」

「運が良かった……とでもいうのか」

「いえ、決してそうではありませぬ。やはり父上の警戒心の強さ、何事にも用意《ようい》周《しゅう》

到《とう》な考えと立ち居振る舞いに拠《よ》るものでございましょう。誰もが真似《まね》できるものではありますまい」

わずかに皮肉めいた言い草になった直秀に、松平出羽守は仏間に来いと命じた。仕方なくついていった直秀は、壁一面ほどの大きな漆《うるし》塗りの仏壇の前に座らされた。

「ご先祖のご位牌に、毎日、お願いしておったが、此度は千載一遇《せんざいいちぐう》の機会が到来した

……その意味、おまえも分かっておろう」

「百も承知しております。ですからこそ、私も父上を見習って、準備万端整え、微塵《みじん》たりとも抜かりのないよう、振る舞ってきました。これからも、そうです」

「──おまえは、先日、わざと白浜を駆ける女に矢を放ったな」

真意を探るように、松平出羽守が訊くと、直秀はわずかに苦笑して首を横に振った。

「あれは、矢沢がいつもやる手です。屋敷の周辺には、行商人や人足、漁師などに扮して探索している公儀隠密は、幾らでもいますのでね。矢沢も探りたかったのです」

「さようか……ならば、何故、我が藩の跡取りの身でありながら、自分で、その女のことを調べに行ったりしたのだ」

「それは……」

直秀はわずかに言い淀んだが、父親の鋭い眼光に気圧《けお》されたように、

「——さよう……怪しげな男と女だったので、どうしても自分の目で確かめたかったのです。間違いなく、深川診療所の藪坂甚内と骨接ぎ医の千晶という者でした」

「千晶とやらに一目惚《ひとめぼ》れしたのではあるまいな」

「まさか、父上とは違います」

「どういう意味だ」

「言わせますか……私の知らぬ兄弟姉妹が、何人もいるではありませぬか」

「…………」

「艶福家は結構なことですが、私は違いますので、ご承知おき下さいますよう」

落ち着いた声ではあるが、父親の不義密通を責めるかのような言いっぷりは、まるで喧嘩腰である。だが、松平出羽守の方は否定するどころか、側室を多く抱えるのは、御家安泰のためには必要なことだと言い返した。

「おまえも良い年なのだから、嫁ぐらい貰え」

「縁があれば、いつでも……」

直秀は静かに答えてから、先程の話の続きをした。

「もっと大事な話があります……千晶という女骨接ぎ医は、私のことを、和馬という者だと思い込んで、疑っておりません」

「うむ。そうらしいのう……」

「ですから、千晶に会う前に、密偵の暫平《ざんぺい》と遙香《はるか》を放って、下調べをしておきました。ええ、藪坂甚内や千晶の周辺のことをです。すると……」

わずかに声を潜《ひそ》めて、直秀は言った。

「――千晶が、私だと思い込んでいる和馬という者は……小普請組旗本の高山和馬という者で、先般、若年寄の永井摂津守の城中護衛役に取り立てられたそうです」

「なんだと……」

「永井摂津守は若年寄になっても、まだ江戸城中には、父上の息の掛かった者が沢山、おりますからな。茶坊主も信頼できないのでしょう。城中警護のために、わざわざ公儀旗本を使ったのです」

「ふん。さてもさても、臆病者よのう」

小馬鹿にしたように松平出羽守は言ったが、直秀は首を左右に振りながら、

「父上よりも用意周到かと存じます……その高山和馬とやら、私と瓜ふたつというのは、事実です……気になりませぬか」

と曰《いわ》くありげな目を向けた。

「ただの護衛に雇ったとは、到底、思えませぬが」

「もしや、おまえの替え玉にでもして、何か謀略に使うつもりか……」

「かもしれませぬ。ですから、高山和馬という者の動向にも目を光らせておく必要があるかと存じます」

「うむ……」

「ですので、私も時には、あの千晶という女に、高山和馬のふりをして近づいておき、何か役に立つのであれば利用したいと存じます。どうやら、和馬と千晶は仲がよいとのことなので」

「だが、藪蛇《やぶへび》になるとも限らぬ……おまえは、事を起こすまで、屋敷から出るな」

「父上……」

「その高山和馬が如何なる奴か、城中の儂の手の者に探らせる」

「やはり私は、信頼されておらぬようですな。所詮《しょせん》はただの御輿《みこし》……」

「シッ――」

松平出羽守が指を立て、サッと障子戸を開けると、枯れ山水の庭の一角に、中間《ちゅうげん》姿の男が座っていた。だが、どう見ても、中間や下働きとしては、使いものになりそうもない年寄りであった。

「誰だ、おまえは……」

「相済みません……先日、雇われた喜助《きすけ》という中間ですが、屋敷が立派すぎて迷ってしまいました、はい」

訝しげに松平出羽守が廊下に踏み出ると、庭の片隅から素早く、ふたりの黒装束が飛び出てきて、中間に手裏剣《しゆりけん》を投げた。暫平と遙香である——だが、中間は灯籠《とうろう》の陰に潜んだ次の瞬間、猿《ましら》のように枯れ山水の石から石へと跳んで、大きな岩を踏み台にして、ひらりと塀の上に跳び、裏路地に消えた。

呆気に取られた松平出羽守と直秀だが、暫平は追いかけたものの、遙香はふたりの側《そば》に素早く近づいてきて、

「今の忍びは、高山和馬の屋敷にいた老人です」

「老人だと……」

「近所では、ご隠居様と呼ばれている吉右衛門なる者ですが、今の動きを見ても分かるとおり、只者《ただもの》ではありませぬ」

「捕らえて、連れてこい」

「ハッ——」

翻《ひるがえ》った遙香は、暫平の後を追った。

すぐに松平出羽守は険しい目で直秀を振り返り、

「どうやら、おまえのことも、相手に露見しているようだな。軽率な行いが仇《あだ》となる。御輿は御輿らしく、担がれるまで離れでじっとしておるがよいッ」

と怒鳴りつけた。

さすがに直秀も萎縮したような表情になりはしたものの、

「御輿とて担ぎ手は選びます。勇壮華麗に暴れないと、人々は喜びませぬ」

「どういう意味だ」

「私を担いでいるのは父上と家臣だけではありませぬぞ。藩から棄《す》てられた郷士、浪人、名もなき民なども大勢いることを忘れないように願いたいです」

強い意志と覚悟が溢れる直秀の顔を見て、松平出羽守は反論することができず、忸《じく》怩《じ》たる思いで拳《こぶし》を握りしめていた。

六

永井摂津守は下馬札《げばふだ》の前で、駕籠《かご》から降りると、徒歩にて三之門《さんのもん》、長屋門、中雀《ちゆじやく》門《もん》などを経て、本丸大玄関から、中之口《なかのくち》の下《した》部屋に来た。

ここで裃に着替え、閣議をする広間まで行くのだが、芙蓉之間《ふようのま》などの詰所から、さらに幾つかの廊下を経て、中之口廊下、台所前廊下、納戸前廊下など決められた道筋を歩かねばならない。登城下城におけるこの作法は、老中や若年寄となっても同じで、慎重に慎重を重ねて執り行わぬと、間違えば御家断絶ともなりかねないのだ。

城中本丸の案内はすべて、茶坊主がすることになっている。よって、供侍としてきた和馬は、中之口の下部屋にて、もうひとりの家臣とともに、待っていなければならない。それが、和馬にとっては、退屈極まりなかった。

「──いやあ……もう懲《こ》り懲《ご》りだ……そこもとは、よく我慢ができますな」

和馬が声をかけると、地蔵のように座っている供侍は淡々とだが、

「川田久右ヱ門《かわだきゅうえもん》という名前がある。そろそろ覚えて下さらぬか」

と言った。

存在自体を一切、殺しているような侍なので、感情すら消しているのかと和馬は思っていたが、どうやら自尊心があるようで、和馬は却って安心した。

「そうでしたな、川田殿……」

「我々は待つのが仕事。とはいえ、ぼうっとしていてはなりませぬ。こうしている間も、何処で誰が、殿のことを狙っているやもしれぬゆえ、気を張りつめておかねばなりますまい」

「それは良い覚悟だが、本丸御殿だけで数千坪もあるし、中はわざと複雑に部屋が分かれており、廊下も曲がっております」

「高山殿は御殿の奥に行かれたことが……」

「もちろん、あります。一応、御目見以上の旗本ですから……もっとも上様のご尊顔を拝したことはありませぬがな。それに、茶坊主に案内されても、何処が何処だか分かりませぬ。例の松の廊下を見たときには感動しました」

「松の廊下……」

「ほら、元禄《げんろく》の昔、吉良上野介《きらこうずけのすけ》が浅野内匠頭《あさのたくみのかみ》に斬られた事件の場です」

「ああ……物騒なことを言わないで下さい。我が殿がさような目にでも遭ったら、如何になさるおつもりですか」

「誰もそんなことは言ってないけど」

「いえいえ。口にするだけでも、災いはやってきますぞ。気をつけて下されよ」

眉間《みけん》に皺《しわ》を寄せて目を細める川田は、和馬と正反対で過度な心配性のようだ。和馬は苦笑しながら、

「川田殿は、空の星を見て、落ちてくるのかと案じてばかりいる御仁のようだな」

「実際、流れ星は落ちてきているではありませぬか」

「だが燃えてなくなり、人に当たって死んだなどとは聞いたことがない」

「万が一ということもありますぞ。雷に打たれて死ぬ者もおりますからな」

「そんなことばかり考えてたら、心が病んできますぞ。まさに杞憂《きゆう》だ」

「はい……私の名前は久右ヱ門ですから、よく川田杞憂ヱ門といってからかわれます」

どう答えてよいか分からない和馬が、話を逸らそうとしたとき、

「一大事でござる。一大事でござる」

と茶坊主が血相を変えて、下部屋に駆け込んできた。

――すわっ。何事か。

川田が先に立ち上がると、和馬も驚いて身構えた。茶坊主はひと息ついてから、和馬の方に来てくれと言った。江戸城中のことゆえ、若年寄の家臣とはいえ、他藩の者を本丸奥に連れていくことは憚《はばか》られたのだ。

「何があったのでございますか」

「老中の堀田備前守《ほったびぜんのかみ》様が、何者かによって額《ひたい》を斬りつけられました。あ、そちらの……」

「川田と申します」

「決して口外《こうがい》なさらぬよう。さあ、高山様、こちらへ」

和馬は茶坊主に引かれるままに、畳敷きの廊下を右へ左へと案内されながら、大広間に連れてこられた。ここは江戸城中の殿舎で最も大きく、東西三十間を超える将軍謁見などが行われる格式の高い部屋である。

そこには数十人の裃姿の幕閣や旗本がおり、右往左往の大騒ぎであった。部屋は北から南へと上段、中段、下段となり、そこから東側に二の間、三の間などが続いている。特に下段に集まっていた旗本たちは、老中を狙った者を探しているのか、怒号が飛び交っていた。

黒漆塗りの格縁《ごうぶち》に嵌《は》め込まれた色彩豊かな天井や、狩野《かのう》派が描いた松や鶴などの襖絵は、いつもなら優雅なのであろうが、今は誰も見る者はない。大広間から〝きざはし〟のような階段を降りると、白砂利が敷き詰められている中庭がある。そこにも、番方らしき武士たちが、右往左往の大騒ぎだった。

そのような光景など見たことがない和馬は、吃驚仰天して立ち尽くしていた。茶坊主に呼ばれてきたものの、何をどうしてよいか分からず、ただただ狼狽しているだけであった。

だが、奥の方から大声で、「こっちだ高山」と声があって振り向くと、座り込んでいる永井摂津守の姿があった。すぐに駆け寄ると、淡い紫色の裃には、わずかだが鮮血が飛び散っている。

「だ、大丈夫ですか。永井様……」

「見れば分かるであろう。大丈夫なわけがあるまい」

「一体、何があったのです」

「手を貸せ……」

和馬が体を支えると、他の若年寄付きの役人や茶坊主も一緒になって、黒書院に近い方の用部屋に運んだ。その先は、将軍の過ごす御座《ござ》の間や御休息、御小座敷などがある中奥《なかおく》だ。この中奥近くに、老中や若年寄の用部屋があり、執務しているのである。

今朝の訓令の折、大広間にて、いきなり数人の黒装束が襖の陰から現れて堀田備前守とともに襲われたのだという。しかし、ほんの一瞬のことで、まさに猿のように跳ぶように逃げ、まだ番方などが探している。

「上様を守らねばならぬ立場なのに、情けない……堀田備前守様は額を短刀か何かで傷つけられており、すぐさま御殿医が運んで治療に当たっておる」

「だ、大丈夫なのですか……」

「傷は浅い。命に別状はなさそうだが、少し場所が悪ければ、目をやられていたかもしれぬ……殿中、しかも江戸城の本丸御殿で、かような凶行が起こるとは……」

一瞬、川田の杞憂のことを思い出した。その前に、永井摂津守自身が誰かに狙われるかもしれぬと案じていただけに、和馬としては気を引き締めねばならなかった。

「上様は御広敷役人らによって、おそらく中奥から大奥《おおおく》に移られたはず。番方は江戸城中に五百人いるから、万が一のことはないと思うが、まさに謀反《むほん》じゃ。これは謀反じゃ」

永井摂津守が狼狽するかのように大声を出すと、黒書院近くに詰める役人たちも、不安と恐怖が入り混じった顔や態度で、辺りを警戒していた。まさか城内で何者かに襲われるとは、誰も思ってなかったのであろう。

「まさしく、久右ヱ門の杞憂どおりになったわッ」

怒りに満ちた永井摂津守は、和馬にも気をつけるように言った。

「川田が案じておったとおりだ……何か起こるような気がする。だから、城中警護役として旗本を雇っていた方がよい進言したのは、あやつだ……まこと、こんなことがあるとは……」

「そうなのですか……」

和馬はまた川田の顔を思い浮かべたが、自分が登城した時に事件が起こったのも、なぜか単なる偶然とは思えなかった。

「黒装束の忍びかと思われるが、賊は堀田様ではなく、この儂を狙った節がある。それを、咄嗟《とっさ》に堀田様の方が庇《かば》ってくれたのだ……堀田様は、儂が若年寄になれるよう色々と取り計らってくれた。だが、それを気に入らなかった者がいる」

「誰でございますか」

「元老中首座の松平出羽守様だ……しかも、堀田様と松平様は何かと対立しておった。まるで引導を渡すように、松平様に隠居をするように仕向けたのは、堀田様だ……その恨みもあるのかもしれぬ」

「そうなのですか……旗本とはいえ、私ども下々《しもじも》の者には縁のない話です」

「何を言うか。誰が上に立つかで、おまえの出世も変わるのだぞ」

「ですから、出世は望んでませんし……」

和馬は辟易《へきえき》としたが、

「しかし、かようなことが起こるということは、まだ城中には、松平様の手の者がいるということですよね」

と訊いた。

「うむ……まさか、かように若年寄になってすぐ手をかけてくるとは……」

たしかに松平出羽守が狙うのであれば、警護の多い屋敷よりも、城中の方が射止め易いかもしれぬ。だが、松平出羽守の手の者だと分かれば、只では済まされないであろう。その危険を犯してまで、城中で永井の命を狙うということも、和馬には理解しがたかった。

「下城のときはまた心配だ……ああ、儂はどうすればよいのじゃ……」

我が身が心配なのは分かるが、仮にも若年寄という高い身分の者が、おろおろとする姿はみっともなかった。さすがに和馬も、

――こんな侍の気骨に欠ける者が、幕府の中枢にいてよいのか。

という苛立《いらだ》ちも感じていた。

その顔つきを永井摂津守は気になったのか、

「なんじゃ……何が不服なのじゃ……」

と苛立ちを露《あら》わにした。

「いえ、なんでもありませぬ。下城の際は、ご家中の方々が大勢参りましょう。城中警護役の拙者としては、永井様を命がけでお守りいたしますので、ご安心下され」

心にもないことを、和馬は言うのであった。

その時、永井摂津守のことを案じた納戸口や中之口に控えていた大目付《おおめつけ》、目付、大

番頭や小姓頭、新番組頭らが押し寄せてきて、様子を覗うとともに、新たな警護の者を付けようとした。大目付のひとりが、

「――あっ……」

と思わず声を洩らして、和馬を凝視した。

「何か……」

不安になる和馬の顔を見続けながら、横にいる目付や大番頭らと何やら、ひそひそと言葉を交わした。いずれも大身《たいしん》の旗本である。曰《いわ》くありげな目つきになって、

「永井様……そこな城中警護の者は、先般、お届けのあった小普請組高山和馬に間違いはござらぬな」

と大目付が訊いた。

「間違いも何も、拙者は……」

「おぬしには訊いておらぬ。永井様、そうなのでございますね」

「さよう……何か不手際《ふてぎわ》があったか」

「いえ。ただの確認でございますれば……とにかく、鋭意、賊を探しておりますれば、さらに護衛役を増やしておきます」

大目付はそう言うと、数名の配下の者に頷いて立ち去るのであった。

七

高山家の屋敷には、いつものように炊《た》き出しに集まってきている者たちがいた。

相変わらず、地震、水害、火事、疫病《えきびょう》などが江戸市中を襲って、町々は災害のときのために貯めている〝七分積金〟を使うことも多くなってきていた。

それでも、あぶれる者たちは多く、近所の者たちが助け合わねばならなかった。ここ高山家は、和馬により長年、貧しい人々のための避難所や救済所のような役目を果たしていた。

——小普請組は只飯食らい。

だという思いがあったから、俸禄米をほとんど困った人たちに分け与えた。

それだけでは飽きたらず、勘定方にいた父親の高山俊之亮が、長年かけて蓄えた老後に暮らすための金も使い、先祖伝来の骨董《こっとう》なども処分して、惜しげもなく配り、自分はいつもジリ貧だった。

その状態が当たり前だったので、高山家の屋敷の中は、今日の飯に困った人だけではなく、身寄りのない人々も助けを求めてきていたのである。

　これらは本来、お上《かみ》の仕事であろう。和馬は、小普請組支配の大久保兵部《おおくぼひょうぶ》や小普請組組頭の坂下善太郎《さかしたぜんたろう》らと掛け合って、公の〝口入れ屋〟なども作った。事情があって無職の者たちに、公儀普請などで日銭稼ぎをさせるためである。

　それでも尚、食いっぱぐれた者たちが、炊き出しの粥《かゆ》を求めて、高山家の屋敷の隅《すみ》っこや庭先に集まってきていた。だが、悲痛な様子はなく、吉右衛門を中心に和気《わき》藹々《あいあい》としているから不思議だった。一緒に暮らしているも同然だった。

　その中に――。

　貧しい百姓姿の夫婦者がいた。亭主の方は仕事で腕を傷《いた》めたとかで、動かすのも不自由そうだった。女房も常に咳《せ》き込んでいるのは、体が弱いからであろうか。

　いや……このふたりは、松平家の密偵である暫平と遙香に他ならなかった。

「女房殿は変な咳《せき》が出てるが、悪くならないうちに治した方がよろしいな。深川診療所は、薬も只じゃから、行ってみなさい」

　吉右衛門が親切に声をかけながら、自慢の薬草入り芋《いも》粥をよそって渡した。

「ありがとうございます……」

　消え入るような声で、遙香は言った。

「旦那さんも、ほれ」

大きめの丼によそい、吉右衛門が自ら手渡すと、暫平は深々と頭を下げて礼を述べた。その手を見た吉右衛門は、

「おぬしたち夫婦は百姓ではないのか」

と問いかけると、ふたりとも「えっ？」と見上げた。

「旦那の方は手を患《わずら》っているようだが、ふたりとも爪先が綺麗だし、手の甲は荒れてないし、節くれ立ってもいない。たしかに何か重い物などを持っていたような筋張った手はしているが、土の色も染み付いてないのでな」

問いかける吉右衛門に、暫平は芝居がかった口調で、

「へえ。野良仕事で腕を傷めてからは、女房とふたりで、塩とか油など、物売りをして暮らしております」

「ほう、さようですか。ならば、うちでも買うとしよう。わずかばかりだが、手助けができればよろしいのですがな」

そう言いながら、傍《かたわ》らの桶から水を汲もうとして、柄杓《ひしゃく》を落としてしまった。それを拾おうとすると、先に暫平が手を伸ばして、柄杓を拾った――かに見えたが、吉右衛門の手首を摑んだ。

「おや……そちらの手は不自由なのでは」

吉右衛門が言うと、暫平が小声で、

「松平出羽守様の屋敷に忍び込んでいたであろう。このまま一緒に来て貰おうか」

と囁いた。その背後にはすでに遙香も近づいてきており、短刀の切っ先を脇腹に触れさせていた。いつでも突き立てるぞという気迫が漲《みなぎ》っている。

だが、吉右衛門は驚くどころか、平然としたままで、

「それは、いやじゃな」

と断った。

ほんのわずか、ふたりが驚いた瞬間、暫平と遙香に、近くにいた貧しい人々が一斉に襲いかかり、あっという間に武器を取り上げ、押さえ込んでしまった。

「な……なんだ……」

地面に顔を押さえつけられて喘《あえ》ぐ暫平と遙香を、それぞれ数人で身動きできないようにした。さらに二十人ばかりが、ふたりを取り囲んでいる。そこにいたのは、ただの貧民でも病人でもなく、みな武芸に秀でた者たちだったのである。

「これこれ。そこまで乱暴をするでない。そのふたりは、松平出羽守に命じられて、高山家の様子を探りに来たのじゃ。ですよね」

吉右衛門が優しく声をかけたが、暫平も遙香も返事をしなかった。

「ご覧のとおり、食うに困った者が集まっているだけなので、松平様にそうお伝え下され。怪しいことなど何もないとな」

「何が怪しいことはないだ……こやつら、みな武芸や忍びの術の心得があると見た」

「まあ、武芸十八般に通じていても、仕官できるかどうかは別の話。食うに困れば、物乞いをするか、盗みをする他ない」

「…………」

「ここにいる者たちには、小普請組支配が司《つかさど》っている〝口入れ屋〟が、奉公先を探しているところなのじゃよ。あ、そうだ。松平様のお屋敷では、世話をしてくれませぬかのう」

「惚けるな……」

　暫平はギラリと鋭い目で睨んだが、吉右衛門は残念そうに、

「無理ですかな。武家屋敷でも人が余っていると聞いてはおるのですが……たしかに、この泰平の世ならば尚更、ヤットウの技量など役に立ちませぬなあ」

「——貴様……何者だ」

「私……？　見てのとおりの暇をこいてる隠居爺イでございます」

「狙いはなんだ。かような者たちを集めて……もしや謀反でも起こす気か」

「謀反……誰にです。何のために」

「こっちが聞いておる」

「なんだか、おまえ様は大きな勘違いをしているようでございますなあ」

「また惚けるのか」

さらに暫平の眼光が険しくなって、

「これほどの者を集めているとは、他に何がある。しかも、この高山家の主・和馬は、若年寄の永井摂津守に、城中警護役として近づいているではないか」

「おや。そんなことまでご存じでしたか……近づいたなどと、とんでもない。半ば無理矢理、押しつけられましてな、当人は本当に嫌がっているのです。お城勤めほど苦《にが》手《て》なものはないから。ええ、仕える身の私としては、少しでも俸禄が増えれば嬉しいのですがね」

好々爺《こうこうや》の顔と物腰で淡々と言ってのける吉右衛門を、暫平と遙香は敵意剝《む》き出しの目で睨《にら》み続けていた。その首根っこを摑んでいた職人風の男が、

「ご隠居様が、こうおっしゃって下さっているのだ。素直に芋粥を食ってみねえか」

と勧めると、暫平は「いらぬ」と強く首を振った。まるで毒でも入っているかのような言い草に、吉右衛門はやはり穏やかに、

「まあ、忍び稼業が染み付いているので、仕方ありますまい。主人に忠実なのは武士と同じ……さあ、解き放っておやりなさい」

と言った。

すぐさま吉右衛門の手下たちは、ふたりから手を放した。

「松平出羽守様に、ご覧のとおりだとお知らせするが、よろしかろう。私たちなんぞよりも、自分たちの足下に気をつけた方がよろしいかと存じますよ」

「どういう意味だ」

暫平が睨み返すと、吉右衛門は初めて真顔になって、

「灯台もと暗し、と申しますからな……私は武家の意地だの尊厳などという身勝手な振る舞いによって、関わりない民百姓が巻き込まれ、塗炭《とたん》の苦しみを味わうことを憂慮しておるのです……老中首座であられた松平出羽守様でございますから、どうかどうか、そのようなことはせぬよう、宜しくお願い申し上げます」

と言うだけ言って、深々と頭を下げた。

その異様な落ち着きようを、暫平と遙香も息を呑んで見つめていた。

八

浅草御門《あさくさごもん》内すぐ、柳原通りに面して〝郡代屋敷《ぐんだいやしき》〟がある。関東《かんとう》郡代とは、関八州《かんはっしゅう》から東海《とうかい》にあった天領を支配し、年貢《ねんぐ》の徴収から、田畑の管理や治水、大名との紛争や領民同士の揉め事などの処理を一手に引き受けていた勘定奉行支配の〝官僚〟である。

徳川家康が幕府を作った当初から、伊奈《いな》家が代々、世襲して担ってきた重職だが、寛政《かんせい》年間に、当主の伊奈忠尊《ただたか》に不行跡があったことにより、改易となった。それ以降は、勘定奉行が関東郡代を兼ねていたが、文化《ぶんか》年間に火事で焼失してからは、「馬喰町《ばくろちょう》御用屋敷」として使われている。

勘定奉行配下の代官が交替に詰めており、会所《かいしょ》として公金を低利で貸し付けたりする業務もしていたが、実質は空き家同然であった。ゆえに、幽霊屋敷という名称も与えられていたほどである。

この屋敷に、松平直秀が姿を現したのは、父親の出羽守から〝御輿〟と罵《ののし》られた翌日のことだった。

むろん、父親の用人や密偵は尾行していると思われるが、大きな長屋門脇にある番小屋を抜けて奥に入った。出迎えたのは、意外にも見目麗《みめうるわ》しい若い女であった。凛《りん》とした顔だちで、隙のない身のこなしも、まさに武家娘であろうかと思われた。

「お帰りなさいませ、若君……」

訪ねてきたのに、「お帰りなさいませ」と言う若い女の顔は、仄《ほの》かな恥じらいで紅潮しているように見えた。

「若君はよせと言っているだろ。俺はただの御輿に過ぎぬ」

「それでも、私にとっては愛《いと》しの若君でございます」

恥じらっているわりには、好意をあからさまに見せつけるのは、直秀の方も心を許しているからに他ならない。

「それより、佐和《さわ》……お父上の容態はどうなのだ」

心配そうに直秀が訊くと、佐和と呼ばれた女は首を横に振って、

「あまり芳《かんば》しくありません。とみにこの数日、私のことすら分からない様子で、譫言《うわごと》を言ったりして、もう……」

佐和の父上とは、代官・田宮小兵衛《たみやこへえ》のことである。関東郡代の職は実質はなく、田宮が形ばかりの代官を担っているのだが、屋敷の番人のようなものである。幽霊屋敷

という噂もある元郡代屋敷は、住むのも忌み嫌われているのだ。

その理由は、もう三十年も前のことだが、関東郡代だった伊奈忠尊が、幕府を恨みながら死んでいったことに由来する。伊奈忠尊が何か悪事を働いたわけではない。当時、貸付金役所を任されていたが、飢饉などが生じて、江戸で打ち壊しが起こった。その際、一万数千両の借金を作る結果になったがため、伊奈忠尊が責任を取らされたのだ。

伊奈忠尊は幕府への返済猶予を求めて、時の老中や若年寄らに掛け合ったが、けんもほろろの対応だった。そのため、激しい不満を募らせたがため、伊奈忠尊は逆に、幕閣から〝不忠者〟と烙印を押され、臣下にも裏切り者が出たため、

——家中不取り締まりの罪。

とされてしまった。借金問題にも拘《かか》わらず、武家の当主として、家中の不忠義者を処罰すらできないという別の罪を仕立てられ、不遇のうちに亡くなった。

その伊奈忠尊の怨霊が、建て替わった屋敷にも残っているというのが、もっぱらの噂だった。それでも、田宮小兵衛がこの屋敷の番人を務めているのは、伊奈家とは縁《えん》戚《せき》に当たり、伊奈忠尊の〝無実〟を信じていたからである。

その田宮家と、直秀の関わりは少々、曰くがある。

実は、伊奈忠尊が改易になったのは、その頃、新進気鋭の老中に成り立てだった松平出羽守が、将軍に進言し、幕閣重職を取りまとめたからである。

伊奈家を改易にした幕閣の本音は、

——たかが郡代であるのに、老中や若年寄のような振る舞いが目に余った。

ということだった。

伊奈忠尊の身柄を預かったのは、大和郡山《やまとこおりやま》藩の柳沢《やなぎさわ》家だった。その他の家中の者たちは、松平出羽守が監視をすることになり、老中になった際に拝領した支藩、武蔵《むさし》片倉《かたくら》藩に連れていっていた。わずか一万二千石の小藩だが、江戸と甲州《こうしゅう》を結ぶ小仏《こぼとけ》峠などを含む街道の要所であった。

そこは、かつての伊奈家が支配する天領と隣接していた。そのため、水利などに関して、天領と藩の百姓同士の紛争も多かった。その天領の村々を担当していたのが田宮家であり、藩側が松平出羽守であった。

紛争は長年にわたり続いていた。

子供の頃、次男坊だったゆえ、支藩にいた直秀は、この両家の争いを目《ま》の当たりにしていたのだ。佐和は直秀よりも五歳くらい年下だが、やはり、この武蔵片倉近くにある天領の村にいた。

敵対する家同士ではあるが、ふたりは幼馴染《おさななじみ》みである。だからこそ、直秀は、父親のせいで長年苦労してきた、この代官父娘のことが気がかりだったのである。

「諦めるでない。周りの者たちが気落ちしていると、余計に本人が滅入るのでな」

「はい。でも……」

「佐和らしくないぞ。いつものように明るく前に向かって……な」

直秀は励ますように言ってから、

「あ、そうだ。深川診療所という所に、藪坂甚内という名医がおる。もし、よければ、その者に預けてはどうかと思うてな」

「でも、ご公儀の御殿医ですら諦めている様子です」

「漢方はもとより、西洋医学にも通じている医者らしい。貧しい者たちばかりを無償で診ているそうだが、一度だけでも診て貰おうではないか。なあ、佐和」

微笑みかける直秀に、佐和も頷いて、

「若君がそこまで、おっしゃって下さるのでしたら、ぜひ……」

「ああ、そうしよう」

ふたりが見つめ合ったとき、ゴホンと空咳があって、田宮家用人の西原勝則《にしはらかつのり》が出てきた。四十絡みの落ち着いた雰囲気の能吏《のうり》という雰囲気である。

「――直秀様……かような大事な時期に、おひとりで出歩いてよろしいのですか」

父親の松平出羽守と同じようなことを、西原は言った。

「大事な時期……？」

首を傾げたのは、佐和の方だった。だが、すぐさま西原は誤魔化すように、

「ええ……そうですとも……この度、直秀様は、正式に松平家のご世嗣《せいし》として、幕府に取り立てられるやもしれませぬ」

「そうなのですか、直秀様……」

「あ、まあな……だが、正式にというのは、西原殿の早とちりだ。まだまだ幾つもの階段が残っているゆえな」

直秀が微笑んだので、佐和も笑顔を返したものの、どこか釈然としない感じだった。

「では、直秀様。こちらへ……」

西原は奥の部屋に案内をした。その際、大事な話があるから、たとえ佐和でも近づかないようにと念を押した。そして、話した事案は後で、田宮に伝えると述べた。

もはや病床の田宮に話すといっても、形式的なことであろう。だが、用人として、西原は義を通しているのである。

奥の座敷というのは――まるで寺の本堂のように五十畳ほどの広い部屋で、隣接す

るように剣術稽古に使っていた道場もあった。そこには、すでに数十人の野袴《のばかま》姿の武士たちが集まっていた。いずれも目を爛々《らんらん》と輝かせており、直秀の顔を見るなり、

「若君！　お懐かしゅうございます」

「ご壮健そうでなにより。一日も早くお目にかかりとうございました！」

「拙者たちも、この日が来るのを何よりも楽しみにしてましたッ」

「必ずや、お役に立ちとう存じます」

「この命、棄てても惜しゅうございませぬ。何なりと命じて下さいませ」

「今こそ、私たちが待ちに待った……あの幻の城を造りとうございます！」

熱い眼差しの武芸者たちは、上座に立つ直秀の姿を、神々《こうごう》しい仏でも崇《あが》めるかのように見上げていた。丁度、明かり取りから陽射しが差し込んで、後光が輝いているように見えた。

「皆の者……長い間、待たせたな」

直秀が声を発すると、感涙したり、噎《むせ》び泣く者もいた。

「おまえたちと一緒に造ろうと誓った、武蔵片倉の城……といっても、火事で灰燼《かいじん》となってしまった小さな陣屋に過ぎぬが、俺たちの胸中に浮かぶは、十万石いや百万石の砦《とりで》だったのう」

「若君……！」

あちこちから、また声が飛んでくる。

「俺は、おまえたちの御輿に過ぎぬ。だが、天下国家のため、御政道を正すため、幻の城ではなく、この国の民百姓をひとり残らず守るために、思う存分、担いでくれ！」

朗々《ろうろう》と確固たる決意を述べた直秀の姿を讃《たた》えて、数十人の武士たちは一致団結し、まるで勝ち鬨《どき》のような声を上げていた。

その堂々たる声は、江戸中に聞こえるかのようだった。

第四話　砂上の将軍

一

深川診療所に、佐和が父親の田宮小兵衛を連れてきたのは、その翌日のことだった。直秀が「善は急げ」とばかりに勧めたからである。

古寺を改築しているとはいえ、病室にしている本堂から、庭にまで人々が溢れており、庫裏《くり》を利用した診察部屋にも急患などが運び込まれている。にも拘《かか》わらず、医者は藪坂を入れても三人に過ぎず、世話役の女たちの数も少ない。

田宮は病弱な上に足まで弱っているから、ここまで駕籠《かご》で運んできたものの、それでも苦痛のようだった。かつては、百姓一揆などを鎮めた武骨な人物として知られていたらしいが、見る影もなかった。

先だって、松平直秀からの紹介状が届いていたので、藪坂甚内はすんなり受け容れたが、田宮の様子を見ると、もはや手の施しようがないほど衰弱していた。しかも、頭の方も惚《ぼ》けており、娘の顔や名前すら分からないのでは、本人も治りたいという意志に欠ける。血脈や気孔を開く薬は与えたものの、

――どうしたものか……。

と甚内自身が打ちひしがれてしまった。

「それにしても、随分とお変わりになりましたな……」

藪坂がポツリと声を洩らすと、佐和は不思議そうに見やった。傍《かたわ》らで介助していた千晶も、「おや？」という顔になった。

「先生、このお方をご存じなのですか」

千晶の方が訊くと、藪坂は中途半端な返事だが、頷《うなず》いた。

「代官の田宮小兵衛様でござろう……」

「そりゃ、松平直秀様が紹介状を届けて下さったのだから、そんなことは端《はな》から知ってるじゃないですか」

松平直秀が、和馬とは別人であるということは、吉右衛門の話もあって、千晶は納得していた。だが、和馬本人とはまだ会っても話してもいないので、半分は「同一人

物かも」と疑っていた。

「あの……父と何処かで、会ったことがあるのでしょうか……」

佐和が遠慮がちに訊くと、藪坂は懐《なつ》かしさと苦々《にがにが》しさが入り混じった顔で、

「うむ。かれこれ十数年前になるから、まだ娘さんも千晶も幼かっただろうが……武蔵片倉に私は行っていたことがある。生まれも育ちも、この深川だが、その頃、天領との間で、領地や水利の揉め事があってな」

「先生がどうして……」

「双方の百姓たちの小競り合いから、大きな一揆のような騒ぎとなり、さらに幕府と藩が出てくる大事件に広がったのだ。その折、たまさか疫病も流行《はや》っておったからな、怪我人と病人が入り混じって大変だった。それゆえ、江戸や近在の藩から、医者が駆り出されたのだ」

「そんなことが……」

記憶にないと佐和は首を振った。

「千晶、おまえも覚えておらぬか。そのような騒動があったことを」

「えっ……どういうこと……？」

何を言い出すのだという顔で、千晶は藪坂の顔を見やった。何か言い足したそうな

藪坂だったが、短い溜息をついて、

「ま、おまえの話はいいか……とにかく、老中・松平出羽守様の領国であるし、片や天領であるからな、田宮様からすれば〝喧嘩両成敗〟にせねばならぬ立場だった」

「父が……」

佐和は、ぼうっと虚空を見ている田宮の顔を改めて見て、切なげな目になり、

「その頃の話は、あまりしたことがありません」

「でしょうな。辛い立場だったからな……まさに、天領と藩領の百姓たちとの板挟みであった……代官は天領の百姓を支配していたが、隣国の老中の領民たちとの接触も多い……その頃、田宮様はとにかく怪我人や病人を真っ先に助けていた。だからこそ、我々、医者も命がけで頑張ったんだ」

藪坂はその折に、田宮から〝救民思想〟を学んだという。

「覚えておりませぬかな……」

優しく藪坂は声をかけたが、田宮は何やらもごもご呟《つぶや》きながら、軒下《のきした》から遠くに見える雲を眺めているだけであった。

「松平出羽守様が、老中として中堅どころとして辣腕《らつわん》を振るっていた頃です。だから、田宮様はその部下に当たるわけですから、懸命に天領の百姓たちの暴動を押さえ込み、

一方で、武蔵片倉藩の郡奉行らと何度も話し合って、松平出羽守様の顔も立てた。しかも、田畑に引く水は、両方で使えるように善処したから、勘定奉行への道も開けたのだ……だが、断った」

「そうなんですか。まったく知らなかったです……」

「でも、田宮様は武蔵の村々が好きだった。奥様もそこの出と聞いたが、穏やかで過ごしやすい季候《きこう》で、作物も豊かに育つ土地柄が気に入っていたとか」

「はい。その話は折に触れて聞いておりました。なので、江戸に戻されたときには、気が滅入ると……しかも、母が先に逝ってしまってからは、余計、こんなふうに……」

佐和は父親に同情して、そっと背中を撫でた。そんな様子を見ていた千晶は、身を乗り出すようにして、

「先生……先程、言いかけた、私のことってなんですか」

「え……？」

「おまえの話は、まあいいかって、言ったじゃないですか。私の何なんですか」

「うむ……そうだな……」

「勿体《もったい》つけないで話して下さいな。なんだか気持ち悪い」

千晶が責め立てるように訊くと、藪坂はまだ首を傾げていたが、

「まあ、よかろう。直秀様が私に話したということは、おまえに伝えてもよいと思ってのことだろうからな」

「直秀様……が関わりあることなのですか」

余計、不思議そうに千晶は前のめりになってくるのへ、藪坂は少し押し返して、

「近過ぎるよ……」

「いいじゃないですか。こんなに可愛いんですから」

「──この前、矢を放たれたであろう……あの時、実は、私は驚いていたのだ」

「何をです。和馬様に似てたからですか」

「それもあるが……今話した、片倉藩に行っていた折、私は直秀様を治療したことがあるのだ……それこそまだ、十一、二歳だったと思う。だが、町人であれば奉公する年頃だ。しっかりとした顔で、聡明でしっかりした子だったよ」

藪坂の話を、千晶はもちろん、佐和も吃驚《びっくり》したように聞いていた。

「直秀様は、生まれつき心の臓が弱かったらしくてな、藩医に診て貰っていたらしいのだが、あまり芳《かんば》しくはなかった。だが、漢方によって気孔を通すことで、血流も良くなってきたのだ」

「でも……そんな子供と、直秀様が同じ人物だと、よく思い出しましたね」

千晶が訊くと、藪坂は頷いて、

「おまえが耳の後ろの黒子《ほくろ》の話をしたからだ……黒子もそうだが、耳の形に特徴があってな。ここのところが鋭く尖っている。しかも、軟骨が少しめくれるような形状なんだ」

と自分の耳の縁を指した。

「和馬様にはそれがない。顔がどんなに似ていても、耳の形だけは絶対に、同じものはないといわれている」

「そうなの……?」

「だから覚えていたのだが、その時、直秀様も思い出したようでな、おまえと会う前に私を訪ねてきていたのだ」

「だったら、そう言ってくれればいいのに……」

「おまえには話さなかったのか?」

「どうだったかしら。私、和馬様だと思い込んでたし……」

藪坂はそこまで話して、長い溜息をついた。

「その当時……一揆のあった頃、直秀様は不遇な立場にあった。いや、その後もずっと変わらぬようだが、老中とか藩主の子としては認められなかったようだ」

「えっ。そうなのですか……」

「側室の子の上に、体が弱くてはな……部屋住みもよいところだった。他にも男の子供はいたが、出来が良くないらしく、しかたなく、松平出羽守様は跡継《あとつ》ぎはおらぬつもりで頑張ったのであろうな」

　これは自分の想像に過ぎぬと、藪坂は言ってから、千晶の顔を見据えて、

「松平出羽守様には、国元にも側室が沢山おり、千晶……おまえも、側室の子のひとりだ」

「…………」

「どうした。驚かぬのか」

　訊き返す藪坂に、千晶は馬鹿馬鹿しいと吐き捨てるように言って、

「こっちは真剣に聞いていたのに、なんですか、それは……たしかに私の二親《ふたおや》はハッキリとはしてませんがね、色々な親戚に盥廻《たらいまわ》しにされたから……でも、そんな話はひとっ言《こと》も聞いたことがございません」

　と呆れ果てた顔になった。

「だが、まことのことなのだ。おまえのことを、直秀様はよく覚えている。もちろん

母親は違うが、武蔵片倉の拝領屋敷には、養父母とおまえと四人暮らしだったそうな」

「…………」

「その屋敷は、夕焼けが綺麗な高台にあってな。桜や紅葉など、四季折々の草花が美しく、枇杷《びわ》や柿、無花果《いちじく》の木なども沢山あり、心が癒され、実に豊かに暮らしていたそうだ」

藪坂はまるで自分の娘を愛《め》でるかのように話していた。

「――そんな景色なんて、何処にでもあるじゃないですか。そもそも、私はまったく覚えておりません」

「だったら、直秀様も別人と間違えたのかな。おまえが和馬様と間違えたように」

適当に笑ってから、藪坂は佐和に向かって、

「丁度、その頃……国境《くにざかい》の川の反対には、佐和さん、あなたがいたのですね。こうして会えるのも不思議な縁《えにし》のような気がするが……どうして、直秀様と佐和さんは……」

「父を通じてです」

佐和は、ぼうっとしている田宮を見ながら、

「もちろん、父と直秀様が会ったのは、その一揆騒動から、何年も後のことですが、年貢のことなど領民の暮らし向きを話し合う寄合に、片倉藩の郡《こおり》奉行の配下ということにして来ていたそうなのです。そうでしょ、父上」

「………」

「そのとき、随分と学問をしている少年だと思ったらしいのですが、まさか松平出羽守様の次男とは知らなかったとのことでした。父を慕って屋敷に来る直秀様と意気投合して、息子がいたらいいなあなんて、よく話してました」

「そうですか……私も田宮様からは沢山のものを学んだ……すっかり忘れているようですが、もうあれこれ悩むことなく余生を過ごされた方がよいかもしれませんな」

「はい……」

「でも、体だけは良くしましょう。私の方からも往診に出かけてみますよ。郡代屋敷も今は昔……そういや、そこに浪人一党が集まっているとも小耳に挟みましたが」

浪人一党という言葉に、佐和は微妙に反応した。

「たしかに浪人一党……ですが、みな元は武蔵片倉藩の藩士や郷士の方々です」

「武蔵片倉藩の……」

藪坂はわずかに気がかりな顔色になった。佐和もそれを察してか、少し言い訳じみた口調で説明をした。

「父と直秀様は、その後も付き合いがあったので、ふたりを慕って、たまに集まってくれているのです。敵対していた代官なのに、今でもこうして……父も喜んでいると思います」

話が聞こえたのか、田宮は「ううっ」と微《かす》かな声を洩らした。その憂いを帯びた表情に、佐和も俄《にわか》に心配そうな顔になり、

「そういえば……たしかに物々しい感じがしてました……用人の西原もなんだか様子が変だったし、直秀様の顔つきも、いつもと少し違っていたような……」

と言うと、千晶が割って入った。

「あら、直秀様のことなら何でも分かるのですね。まあ、羨ましい」

ふざけた口調でからかったが、藪坂は微妙な不安を抱いていた。

二

今宵も、元関東郡代屋敷の広間では、膝を詰めて謀議らしきことが行われていた。

そこには、もちろん直秀と西原の姿もある。

昨夜とは違って、商人、百姓、漁師、職人、坊主、医者、修験者らに扮した者たちも増えていた。いずれも身なりは貧しそうだが、逞しい体つきの者ばかりだった。中には年端《としは》もいかぬ若い衆も混じっていた。

そのざわめきがピタリと止まると――頭巾を被《かぶ》った黒羽織の侍が姿を現した。随伴しているのは矢沢である。頭巾を取った侍は、松平出羽守であった。

息を呑んで見上げる一同を、松平出羽守は厳しい表情で見廻しながら、

「皆の者、大儀である」

と声をかけた。

すると、直秀以外の者たちは一斉に平伏した。

「おまえたちは、我が松平家の大切な忠臣たちじゃ。これまで不遇を強《し》いてきたこと、このとおりだ。許せよ」

松平出羽守は神妙な顔で、元家臣や郷士たちに向かって頭を下げた。一同は、恐れ多いことですと恐縮するばかりだった。その中のひとりが、中腰になって声を出した。

「殿！　ご尊顔を拝し、拙者は嬉しゅうございます！」

他にも「私もです」「それがしもです」などと感涙する者もいた。それほど、家臣たちにとって、殿様は偉大であり、心を寄せているものなのである。

「我が藩の事情はよく分かっております。私たちは不遇などとは決して思っておりませぬ。この日のために、隠忍自重《いんにんじちょう》してきただけのこと。この日を待ち侘《わ》びておりました」

誰かがそう言うと、松平出羽守は胸が熱くなったように大きく頷いた。

「冷や飯を食らわされたと恨んだ奴もおろう。なぜ自分の家が露頭に迷わねばならぬのかと、腹が立った者もおろう。だが、誰ひとり我が松平家を見捨てず、こうして耐え忍んできてくれたこと、改めて感謝するぞ」

「恐れ多きこと……我が藩は小藩ながら、松平出羽守様が殿様であり、栄えある出雲松江藩との縁が深く、誇りに感じておりました」

などと、また家来たちの声が、あちこちから聞こえた。

「だが、儂はその小さな藩を犠牲にして、老中の座に居続けた。藩とは名ばかりで、実質の禄高を八千石に減らし、おまえたちを犠牲にしてまで、幕閣たちにばらまいた金もある。これは不正ではないが、正直に申しておく」

「とんでもございませぬ……」

「だが、それもすべて我が松平家が成すべき、大きな仕事……いや、あえて野望といおう。儂が長年かけて、老中首座に昇り詰め、幕政を担ってきたのは、ひとえに……」

松平出羽守はわずかに言葉を詰まらせたが、大きく息を吸って、

「ひとえに……我が松平家から、将軍を出すためである」

と強い口調で言った。

一同は、そのことは百も承知だった。松平出羽守は、徳川家康の直系であり、その子の中で最も武勇に優れて剛胆、聡明であった結城秀康の流れを汲む。しかも、直秀は結城秀康の生まれ変わりではないかと思えるほど、立派な武将であった。

だが、結城秀康同様、長幼の序の慣わしに従って冷遇され、武蔵片倉藩の藩主という表向きの立場はあったものの、実際は部屋住み扱いであった。

「それもこれも、将軍家への遠慮があったゆえだ。直秀のような優秀な者が台頭すれば、将軍の座を奪われると、家斉《いえなり》公は怯《おび》えているのじゃ……たしかに八代吉宗公は、数々の改革やそれまでの悪しき慣習を変えた優れた為政者であること、この儂も認めるところだ」

松平出羽守がどれくらい本気で思っているかは分からぬが、これまでも吉宗公の悪口は言ったことがない。

「しかし……その子である家重《いえしげ》公は生来の病気が原因とはいえ暗愚であった。それゆ

え御三卿筆頭の田安家《たやす》を排除してまで、一橋治済《はるさだ》様の画策により、一橋家から将軍を出した。それが家斉公で、大奥に籠もって子作りばかりに精を出すバカ将軍をのさばらせてしまった……まさか、吉宗公もかような事態になるとは思ってなかったであろうが、判断に間違いがあるとすれば、無能な家重公を将軍に据えたことだ」

一同は息を呑んで聞いている。仮にも将軍をバカ呼ばわりできるのは、自分こそが〝徳川宗家〟であるという自負と誇りがあるからに他ならない。

「老中や若年寄、各奉行らには有能な人材を登用した吉宗公にして、我が子のことについては冷静に判断ができなかった……そのツケが今の家斉公の治世に災禍となっているのは、皆も承知しておろう」

松平出羽守は自分に酔っているかのように、弁舌鮮やかに続けた。

「この愚昧《ぐまい》な将軍のお陰で、幕政に大きな腐敗や亀裂が生じてきた。財政しかり、制度の崩壊しかり、諸藩との折衝しかり……何故なのか……すべて老中や若年寄の顔色しか伺わぬ愚かで腑抜《ふぬ》けた役人ばかりになったからだ……しからば何故、上役を忖度《そんたく》ばかりする役人が増えたか……老中や若年寄が、さよう仕向けている愚者だからだ。では、何故、幕閣連中が愚者に成り下がったか……言わずとしれておろう」

さらに力を込めて、松平出羽守は繰り返した。

「最も上の立場の将軍が、酒食と色欲に溺れ、惰眠を貪《むさぼ》って何も考えぬ愚か極まりない人間だからだッ。かような人間が将軍に居座る限り、幕府は早晩潰れてしまうであろう」

尊崇する殿様の熱気を帯びた話に、元家臣や郷士たちは食い入るように耳を傾けていた。その横に控えている直秀ですら、

——さすがは老中首座にあった人物だ。

と認めざるを得ないほど、気迫と説得力に溢れていた。

「儂も力を振り絞って、この三十余年、老中として頑張ってきたが、己の利権のみを守るという愚かな老中や若年寄ばかりでは、崇高な政事《まつりごと》の理念など潰されてしまう。この儂も散々、足を引っ張られてきた……だからこそ、分かるのだ。もはや、残された道は……残された道は、将軍の首を替えるしかないと」

将軍の首——と声を張り上げたところで、一同は、「おお……」と感嘆の溜息を洩らした。上が変わらなければ、下々が変わるわけがない。松平出羽守は、それを信念として、あえて〝御家騒動〟を起こす覚悟なのだ。

この強い意志は、すでに家臣らにも伝わっており、準備万端整えてきた。後は、実行あるのみである。

「しかと言うておくが、儂は幕府が憎いわけではない。神君家康公から家光《いえみつ》公にかけて作り上げた、徳川幕藩体制が悪いとはみじんたりとも思うてはおらぬ……悪いのは、その権力の上に胡座《あぐら》を組み、私利私欲のみに腐心しておる、愚かな将軍と幕閣たちだ」

「そうですとも！」「おっしゃるとおりだ！」「今こそ、政事を変えましょうぞ！」

声が次々とかかってくる家臣たちの顔を見渡しながら、ひとりひとりに語りかけるように、松平出羽守は明瞭に言った。

「これは、徳川家内の問題である。将軍が変われば、幕府がまっとうになり、役人の心構えが良くなり、そして世間が幸せになる……儂は、この直秀こそが、将軍に相応《ふさわ》しい人物だと、腹の底から信じておる」

そう言いながら、松平出羽守は隣の直秀を見て、軽く肩を叩いて、

「今日からは……おまえが、この松平家の当主だ。そして、将軍になる！」

と明言するや、家臣たちからはまた大きな歓声や勝ち鬨《どき》の声が上がった。だが、直秀は興奮することはなく、至って冷静であり、いつもの穏やかな態度で、

「宜しく頼みます」

と言った。

「だが幾つか、皆の衆に言っておきたいことがある」

直秀は気負うことなく自然体で、

「私は父上のように押し出しが強くなく、どれだけ人心を掌握できるかも分からぬ。だが、幕政をまっとうにしたい気持ちは、父上にも勝っているつもりだ。それゆえ、ここにいる者たちの熱き思いに報いるためにも、全力を尽くすが、優遇されようとか、禄高を上げて貰おうとか、さような下心《したごころ》は慎《つつし》んで貰いたい」

「分かっております！　我らは、殿や若君の信念に惚れ込んだまで。そのためなら命を投げ出すと、昨夜も申し上げました！」

後ろの方から若侍が吠えるように言った。だが、直秀はやはり冷静に頷《うなず》いた。

「嬉しいことだ。感謝する……だが、これは父上も申していたとおり、徳川家内の継《けい》嗣《し》の問題だ。謀反《むほん》ではない。もし、謀反の挙に出てしまえば、天下は麻の如く乱れるのは必定《ひつじょう》。人々の泰平をかき乱すつもりは毛頭ない。私は、私のやり方で、将軍になる。そして……」

改めて、直秀は家臣たちを見廻しながら、

「善い政治をする。善い政治が始まれば、将軍なんぞ御輿《みこし》でよい。私は、ただの御輿になることを望んでいる。おまえたちのような立派な担ぎ手がおれば、世の中は安泰だ」

と微笑んだ。

新たな直秀の決意に刺激されたかのように、家臣たちは和《なご》やかな中にも、緊張と重い決意を噛みしめていた。

そんな様子を――。

広間の片隅から、佐和は不安げな顔で見守っていた。そして、口の中で、

「直秀様……どうか、無事、本懐を遂げることができますように」

と小さく呟いた。

三

縁台で、うつらうつらしている吉右衛門に、訪ねてきた千晶が、

「大丈夫、ご隠居さん……」

と声をかけた。

気持ち良さそうに寝ているが、いつも炊き出しに集まっている人たちもおらず、ひとりなので、物騒だと揺り起こした。

「あ……ああ……千晶さんか……なんぞ、夢を見ておった……」

「風邪を引きますよ」

「ふむ……そういや、ここ数日、あまり芳《かんば》しくないのう」

吉右衛門は鼻をひくひくさせた。

「ねえ、ご隠居さん……和馬様は帰ってきていないのですか」

「ええ、まったく。案外、お城勤めも悪くないと思ったのではありませんかねえ」

「そんな暢気《のんき》な……私、なんだか嫌な予感がするんです」

千晶はいつになく暗い表情になって、ちょこんと吉右衛門の隣に腰掛けた。

「嫌な予感？　空が落ちてくるとでも思ってますかな」

「冗談じゃなくてね……私、もしかしたら、凄いお殿様の娘かもしれないの。しかも、あの松平出羽守様の」

「ほう。それは、ようございました」

相手にしていないのか、吉右衛門は嬉しそうに笑いながら頷いた。

「真面目に聞いてね。ご隠居さんだから、お話しするんだから」

「なんなりと」

「――実は、昨日、藪坂先生から、そんな話を聞いたんだけど、その後で、松平出羽守様の用人の矢沢って人が来たんです。いつぞや、浜辺で弓矢のときに会った人です」

「矢沢の弓矢、か……」

「ふざけないで聞いて下さい。その矢沢さんの話は、藪坂先生が話したとおり……」

「松平出羽守の側室の娘で、直秀様の腹違いの妹という話でしょ」

「えっ。知っていたんですか……藪坂先生、いつの間に話したんだろう……」

「先生は結構、お喋りですよ」

吉右衛門は何もかも知っているというふうに、ニッコリと笑って、

「直秀様はいわば藩主の予備として、武蔵片倉藩で暮らしていたそうですよ。それを、直系のご先祖である結城秀康様は、実は双子だったのですが、もうひとりは生まれてすぐ亡くなったそうです」

「双子……」

「その頃は、双子といえば物の怪《け》の仕業《しわざ》だとか、忌み嫌われてましたからね。あるいは密かに始末されたか、何処かに預けられたのかもしれませんがね」

「そんな……」

「でね、残った秀康様の方も、双子の片割れだということで、冷遇されたらしいです。

でも、実際のところは、当時はまだ武田《たけだ》家とか織田《おだ》家とかの抗争が色々あって、兄の信康《のぶやす》様が切腹させられたので、秀康様が後継者のはずでしたが、結局は、異母弟の秀《ひで》忠《ただ》公が二代将軍になりました」

「――らしいですね……で、その意趣返しじゃないけれど、秀康公の子孫に当たるのが、直秀様……そして、私はその妹……ってことは、私は神君家康公の子孫……そんなこと、あり得ませんよねえ」

千晶は苦笑したが、今度は吉右衛門の方が大真面目な顔で、

「十代遡《さかのぼ》れば、千人以上のご先祖がいます。どんな人がいたか分かりませんよ。二十代遡れば百万人以上ですからなあ。もしかしたら帝《みかど》がご先祖かもしれない」

「そうなの……」

「でも、そのどの一人が欠けても、あなたはいない。この話は前もしましたよね」

「ええ……」

「なので、千晶さんのご先祖が神君家康公で、直秀様と兄妹だったとしても、別に不思議じゃない……その直秀様が、何やら事を起こそうとしているのが、千晶さんは心配なのでしょう？」

吉右衛門が言うと、千晶は目を丸くした。

「──ご隠居さん……なんでも知ってるんですね……いつも不思議に思うのだけれど、どうしてなんです……」

「地獄耳ですからな。で、千晶さんは、もしかしたら、うちの和馬様と直秀様が、実は双子ではないかと思うておるのではないのですかな」

と真顔で吉右衛門が訊くと、千晶は何度も頷きながら、

「そうなんです……だって、赤の他人にしては似すぎてるんだもの……ご隠居さんの双子の話を聞いてなんだか確信した。だって、双子の家系には双子が多いっていいますもの」

「さよう……この際、ハッキリと言うておくけれど、和馬様は何を隠そう、松平出羽守様の御落胤《ごらくいん》です。世が世ならば、将軍になっていても不思議ではないお立場なのじゃ」

「ほ、本当に……！」

「しかも、千晶さんは腹違いとはいえ、妹になるわけだから、和馬様とは結ばれない運命《さだめ》ということになりますな」

「そ、そんな……」

「──という話は嘘じゃ……ワハハ」

「もう。なんで、そんなことを」

いつものようにふて腐れた千晶を、吉右衛門は同情したように見つめ、

「諦めろというのは残酷な話だが……和馬様は、あまり千晶さんのことを好いてはおらぬようじゃ。兄妹ならば、あなたも諦めるのではないかと思うてな」

とからかうと、千晶は余計に膨れて、納得できないことがあると言った。

直秀は側室の子であっても、小藩の大名だけれど、それなりの身分にされた。だが、自分は本当にただの貧乏人だったと振り返ると悲しいという。

「それは、千晶さんが女子《おなご》だったからだろうな……不憫《ふびん》じゃな」

「――私は、どうすればいいの……」

「すべてを忘れて、骨接ぎ医をするのがいいだろう。昔のことや、自分の生まれについて、あれこれ考えても仕方がないことだからな」

「…………」

千晶はすっかり、しょげてしまった。それを慰めるように、吉右衛門は言った。

「だがな……これからは違うぞよ。あなた次第ってことだ」

「えっ……」

「松平出羽守の娘だと分かったからには、それなりの待遇はされるに違いない。正式

に松平出羽守の娘として、しかるべき身分の武家に輿入《こしい》れすることは叶うかもな」

「いやです。私は和馬様と添い遂げたい……」

首をイヤイヤと振りながら、千晶は子供のように泣き出してしまった。

「あなたは、その話をしに来たのではなかろう」

「あ、そうでした……」

ケロッと機嫌が戻った千晶は、昨日、佐和が連れてきた元代官の田宮小兵衛について、気がかりなことがあるという。容態が芳しくないので、家には帰さず、しばらく深川診療所で診ることにしたのだ。

「とにかく、来て下さい。ご隠居さん」

千晶は吉右衛門の手を引っ張りながら、立ち上がった。

「えっ、どうしてだね」

「私もなんだか分からないんだけど、〝福の神〟のご隠居さんなら、田宮さんを助けられるかもと思って」

訳をハッキリと言わないまま、千晶は強引に吉右衛門を深川診療所に連れていった。

田宮は庫裏《くり》を改築した一室に、ひとりで寝かされていた。藪坂の話では、衰弱の度合いが激しく、生きていることすら不思議なほどらしい。藪坂が佐和から聞いた話によると、この一月《ひとつき》ほどで急激に〝死神〟みたいな顔になったという。

吉右衛門は田宮に会って、愕然となった。まさに死病と闘っているようにしか見えなかったからだ。多少は医学の知識もある吉右衛門だが、手の施《ほどこ》しようもないということは、すぐに分かった。

だが、田宮は懸命に千晶に支えられながら起き上がると、なぜか吉右衛門の姿を見て、まるで神々《こうごう》しそうに手を合わせた。

「──やはり、ご隠居さんは、人の命を助けることができるんだわ」

傍らで見ている千晶が羨望と期待のまなざしを向けた。しかし、吉右衛門は辛そうに首を横に振りながら、

「藪坂先生でも無理ならば、私ではどうしようもないでしょう。臨終の人を私もそれなりに看取ってきたが、こんなに苦しそうな顔は見たことがない」

「えっ……私には穏やかに見えるけど……」

千晶が顔を覗き込むようにしたとき、田宮は合掌《がっしょう》したまま、

「お久しゅうございます……その節は、大変、お世話になりました……ずっと心に引っかかっていたのですが、ろくに御礼も言えずじまいで、ご無礼の段、ご容赦下さいませ」

と言った。手を床に突こうとしたが、体が曲がらないので、合掌をし続けた。

「なに？　ご隠居さん、知り合いだったの」

「千晶さんが呼びに来たのではないか。意識が混濁して、誰かと間違えているのだろう」

吉右衛門が言うと、田宮は唇を噛みしめ、喘ぐような掠《かす》れた声を絞り出した。

「それがし……だ、代官として精一杯……天領の民を……守ろうとしましたが、それ故……御老中・松平出羽守様の逆鱗《げきりん》に触れ……危うく切腹を……させられそうになりました」

「そうでしたか。ご苦労なさいましたね」

相手に合わせて頷きながら、吉右衛門は聞いている。

「助けてくれたのが、あなた様でした……松平出羽守様に掛け合って、それがしが切腹を……せずに済むように……あなた様はお取りはからい下さいました。そのお陰で、代官の職をまっとうでき……何より、領民同士の諍《いさか》いを……なくして下さいました……」

「あなたが頑張ったからですよ」

適当に合わせて、吉右衛門は言ったが、千晶は心配そうに見ていた。

「いいえ……あなた様、そして聡明な……直秀様が頑張って下さったお陰です……」

息がぜいぜいと洩れてきて、いつ途切れるのかという話し方だが、田宮はまさに死力を尽くして訴えた。

「ですが、また……悪霊のように……松平出羽守様は……とんでもないことを……やろうとしております……」

「とんでもないこと……」

「この国を滅ぼそうとしています……そ、それだけは……阻止したく……また、あなた様の、お慈悲にお縋《すが》りしたく……どうか、どうか……松平出羽守様の陰謀を……と、止めて……く、下さいませ……」

もはや息をしていない状態で、何かが憑依《ひょうい》したかのように全身を震わせながら、前のめりに倒れそうになった。すぐに千晶が抱きとめて、「誰か来て」と呼ぶと、診察部屋にいた藪坂自身が駆けつけてきた。

だが、藪坂が様子を見ようとすると、田宮は糸が切れた操り人形のように崩れた。すでに事切れており、もはや息もしていなかった。

「――どうやら、最期の力を振り絞って、ご隠居に何か訴えたかったようですな」

藪坂は瞑目《めいもく》しながら言ったが、吉右衛門はどう答えてよいのか分からぬ様子で、息を引き取ったばかりの田宮のガリガリに痩せた手を握りしめていた。

「なんなの、ご隠居さん……」

千晶が不思議そうな顔で見つめるのへ、吉右衛門は深い溜息で返すだけであった。

四

江戸城中では、先日の老中と若年寄を襲撃した者たちを探すのに躍起《やっき》になっていた。だが、有力な報せも手立てもないまま、妙な噂ばかりが広まっていた。

噂とは、松平出羽守が、老中首座の立場を追いやられた意趣返しに、堀田備前守と永井摂津守の命を狙ったというものである。

このふたりと松平出羽守との不仲は、以前から燻《くすぶ》っていたものだから、現実味があった。しかも、松平出羽守の息がかかったものは今でも江戸城中に幾らでもいる。特に永井摂津守にとっては、周りは敵だらけといっても過言ではなかった。しかも、田舎大名めとバカにされていた。

それでも、永井摂津守は将軍家斉に面談し、必死に訴えていた。

「上様。私は軽傷《けいしょう》でしたが、堀田様は額に深傷《ふかで》を負い、老中職を続けられるかどうかも分かりませぬ。何より、ご当人の士気が下がっておりますれば……」

将軍家斉は江戸城中で起こった騒動は、自分たちの撒《ま》いた種だから、しっかりと対処せよというのみで、誰がやったかということを積極的に調べようとはしない。むろん、将軍自身が密かに番方や密偵に命じているかもしれないが、少なくとも幕閣に対して、命じることはなかった。

——それにしても、腑抜けた顔だ……。

と永井摂津守は家斉を見ていた。顔は青白く、武芸事が嫌いなのか体つきは華奢で、ろくに学問もしていないので、老中や若年寄との政事の話にも意見すら出さない。何を考えて生きているか分からぬ人間だと、脳裏に浮かんでいた。

——これでは、松平出羽守が謀反を仕掛けたとしても、仕方があるまい。だが、奴の子である直秀が将軍になるようなことがあれば、せっかく得た自分の地位を失うことになるだろう。

と思っていた。

永井摂津守は自分ができる限りの手を尽くして、松平出羽守の動きを摑んでいたのである。もちろん、元郡代屋敷に集結している輩《やから》のことも把握している。

「この際、上様にハッキリとお伝えしておきたいことがございます」

意を決したように永井は膝をわずかに進めた。

「松平出羽守様は事もあろうに、上様を亡きものにしようと考えております」

「なんじゃと」

明らかに不愉快極まりないという目つきを、家斉は永井に向けた。松平出羽守は、家斉の父親・一橋治済とは刎頸《ふんけい》の友であり、自分を将軍として長らく支えてきた老中である。それを悪し様に言うどころか、命まで取ると言うのだから、聞き捨てならなかった。

「摂津守……証拠があるのか。間違いならば、切腹を覚悟の言上《ごんじょう》であろうな」

「もちろんでございます。上様は百もご承知のとおり、松平出羽守様は結城秀康様の直系でございます。その子である直秀様を、次期将軍に据えようとの魂胆があります」

「黙れ、永井。将軍家は御三卿から選ばれる。たとえ御三家筆頭の尾張家から出ることもない」

「正直に申し上げますが、御父上の一橋治済様は、いわば悪名高き老中・田沼意次《たぬまおきつぐ》様と謀議の上、本来、将軍家となる田安家の松平定信《さだのぶ》様を陸奥《むつ》白河《しらかわ》藩主に追いやり、無理矢理に上様を将軍に据えました……そのことに不満が燻《くすぶ》っている徳川御一門もかなりおられます」

「黙れ……」

「私は上様の御身《おんみ》が第一と考え、あえて申し上げております。松平直秀様を将軍に担ぎ出そうと考えているのは、出羽守様だけではなく、御一門にもかなりいるとのこと」

「…………」

「出羽守様の後、老中首座となった水野忠邦様もそれを憂えております。かくして、堀田備前守様や私に、報復とも受け取れる刃を、事もあろうに殿中にて振りかざしてきました……なんとしても、これから起こることを阻止せねば、上様のお命が危のうございます」

必死に訴える永井摂津守には、おどおどした普段と違って、鬼気迫るものがあった。家斉は怒鳴りつけようとしたが、その異様なほどの強い声と態度に、逡巡《しゅんじゅん》したようだった。

「──たしかに、出羽守には常日頃より、自分の方が正しい血統という思いもあったようで、言葉の端々には余を蔑《さげす》むようなことが、なきにしもあらずだった。父上と昵懇でなければ、叱責したくなるような無礼もあった」

「でございましょうとも……私を長年、若年寄にせぬよう邪魔をしていたのも、かようなことを、上様に話すであろうことを、出羽守様は警戒していたのです」

永井は家斉の顔を見据えて、判断を委ねるかのように訊いた。

「元老中首座であった御仁が、上様に矛先を向けるようなことを放置していては、幕閣は元より、諸大名、旗本御家人にも示しがつきませぬ。如何致しましょうや」

「ふむ……何か手立てでもあるのか……」

その家斉の問いかけに、永井は待ってましたとばかりに答えた。

「松平出羽守様と直秀様は、元家臣や郷士らを、馬喰町御用屋敷に結集させております。元関東郡代屋敷です」

「なんと……」

「元家臣や郷士を使うというところが、妙でございます。出羽守様は自分の家臣を使わず、決起しようとしているのです。私の手の者の調べで、分かっていることです」

「では、そこに……」

「はい。幕府軍を送り込み、一網打尽《いちもうだじん》にした上で、出羽守様と直秀様を捕らえることが、何よりの証拠になるかと存じます。結城秀康様のご命日に合わせて、江戸城周辺で事を起こし、それを合図に、城中の松平出羽守様の息の掛かった伊賀者、甲賀者らが、上様を襲う段取りかと存じます」

「おのれ……」

「もしかすると、大番や書院番、新番など上様の身辺警護役の中にも、出羽守様に通じている者が潜《ひそ》んでいるやもしれませぬ。ですから、出鼻を挫《くじ》くために、元関東郡代屋敷に踏み込むのが、得策かと存じます。このことは、すでに……水野忠邦様も百《ひゃく》人組《にんぐみ》、先手組《さきてぐみ》、そして私も持組《もちぐみ》を一斉に、送り出す所存でございます」

決死の覚悟で陣頭指揮を執ると、永井が熱意を見せると、家斉も興奮気味に、

「相分かった。余がおぬしに命じたことにせよ。決して討ち洩らすな」

「はい。ですが、城中で堀田様が狙われたことを鑑《かんが》みましても、上様の身辺にも危難が及ぶかもしれませぬ。幕閣一同、死力を尽くしますが、上様には事が決するまで、大奥におられて、御身をお大事になさって下さいませ」

永井は申し述べると、額を床に擦りつけるほど平伏するのであった。


その頃、元関東郡代屋敷では――。

田宮の亡骸《なきがら》と、娘の佐和が無言の対面をしていた。佐和は意外にも涙を見せず、気丈に父親の顔を見つめていた。

もう長くないと覚悟をしていた様子で、藪坂に対して深く礼を述べた。実は、以前、田宮からも藪坂がその昔、領民のために献身的に治療したことを聞いたことがあるという。

「その先生に看取って戴いたのですから、父も本望だと思います」

佐和は涙ひとつ見せなかった。

その様子が、同行した吉右衛門には気がかりだった。佐和には人に言えぬ決意があるようだった。それを見抜いた吉右衛門が、田宮が最期に委《ゆだ》ねた言葉を伝えると、

「父がさようなことを……」

と佐和はわずかに顔を曇らせた。やはり、何か知っている様子だった。吉右衛門は佐和の気持ちを察しながらも、慎重に尋ねた。

「松平出羽守の陰謀を止めてくれ、と言うのは只事《ただごと》ではありますまい。頭が朦朧《もうろう》としているがための妄想とは、到底思えませぬ。自分が代官であったことを、思い出したのですからな」

「そうなのですか……」

「はい。とんでもないことをやらかそうとしている、とまで言いました。その昔、松平出羽守に酷い目に遭ったからこそ、気がかりなことが、あるようでしたが」

吉右衛門は佐和の顔を覗き込んで、

「何か思い当たる節はありませぬか……なんでもいいのです」

と訊いた。

「いえ、私には……」

何もないと首を振ったが、佐和の憂いを帯びた瞳は何かを隠しているように見えた。

吉右衛門は責め立てることはしないが、旗本の高山家の用人だと改めて伝えて、訥々《とつとつ》と和馬の状況を語った。

「我が主君の高山和馬様は特別に、若年寄・永井摂津守様の元に出向いておりますが、実は……松平直秀様とは瓜《うり》ふたつらしいのです」

「えっ……」

佐和は驚きを隠せなかった。

「どういうことでしょう……私は幼馴染み同然ですが、直秀様に兄弟がいるとは聞いたことがありません」

「ですから、実の兄弟ではありますまい。直秀様が武蔵片倉藩の藩主とされたのは、兄がいたからです」

「——ご隠居様は、どうして、それを……」

逆に問い返した佐和に、吉右衛門の代わりに藪坂が言った。

「奇《く》しくも私との縁もあったということですが、あの天領と片倉藩の騒動の時、ご隠居が事を収めたのです。そのことで、お父上は感謝しておられました」

「そうなのですか……では、ご隠居様は一体、どういう……」

理解しがたそうに、佐和がまた訊き返すと、吉右衛門は微笑を浮かべるだけで、

「あなた方が生まれる前のことです。私のことよりも、今は和馬様が心配です。永井様の護衛のために仕えたのは、たまさかのことですが、陰謀に巻き込まれるかもしれない」

と言った。

「陰謀……」

「松平出羽守には松平様の、そして永井摂津守には永井様の……それぞれの思惑があって、色々なことが蠢《うごめ》いておるようです」

「…………」

「あなたは、幼少の頃より、直秀様とはご昵懇のようだが、なんでもいいのです。気付いたことがあれば……」

「ありません」

佐和はキッパリと言った。

「父は、聡明でありながら不遇な身に処せられた直秀様のことを、本当に我が子のように思っておりました。私のことよりも、ずっと大切に……それほどの思いで、接しておりました」

「もしかして、お父上は直秀様とあなたを、夫婦にしようと考えて……」

「そんなことはありません。身分も違いますし、私たちは兄妹みたいなものです」

嘘だなと吉右衛門は感じた。明らかに男として見ている気持ちを感じ取った。だが、それについては、他人がどうこう言うことではあるまい。ただ、直秀が何をしようとしているかだけが、吉右衛門には気になっていた。

「――それも分かりません……直秀様は、私の父を慕って、時折、江戸に来た折に、訪ねてきて下さっただけです」

「支藩とはいえ、仮にも大名の息子が御公儀の許しも得ず、勝手に出歩くのは御法度。我々、庶民のように物見遊山《ものみゆさん》はできませんがな」

「偉い人たちのことは分かりません。ですが、ここに来るときは、本当にふたりとも楽しそうに……夜通し、色々な話をして盛り上がっていました。父にはそれが唯一の楽しみ……」

と言いかけて、佐和はうっと感情が込み上げてきた。

「そうですか……分かりました……田宮様はやはり、私のことを誰かと勘違いしておられたのでしょう……とにかく丁重に葬り、供養して上げて下さい」

吉右衛門はそれ以上、何も言わなかった。

五

その夜、江戸の町が寝静まった頃、永井摂津守は自ら陣笠陣羽織を着て先頭に立ち、公儀の三百人の武装した兵を引き連れて、元関東郡代屋敷に出陣した。

三日月が不気味に浮かんでいる。

その周辺はすべて町人地であるが、予《あらかじ》め町奉行所、町年寄や町名主に通達し、その敷地周辺に兵を忍ばせていた。元郡代屋敷から逃げてくる者はすべて捕縛するか、成敗するためである。近くの浅草御門も閉め、番兵十数人が警戒に当たっていた。

騎馬の永井摂津守は、陣笠の縁を上げると、

「かかれ！」

と軍配《ぐんばい》を振った。

これまで見せていた情けない風貌や態度は、猫を被っていたのであろうか。まったく別人のような気迫が籠もっていた。

長屋門の前に立った幕府の軍勢は、「開門！　開門！」と大声を発したが、中からは誰も出てこなかった。〝籠城〟を決め込んだのかもしれぬ。そのようなときのために、門を破壊するための黒鍬者《くろくわもの》、さらに鉄砲隊、弓矢隊らが一斉に攻撃する態勢を整えていた。

しばらく待ったが、まったく梨《なし》の礫《つぶて》である。「やむを得ぬ」と永井が頷くと、表扉を破壊し、塀越しには矢を何十本も一斉に射ち放ち、扉が開くと、問答無用で鉄砲を撃ち放った。そうして牽制してから、ドッと槍組が屋敷内に雪崩《なだ》れ込んだ。まさに合戦である。

だが——そこは蛻《もぬけ》の殻《から》だった。

いや、仏間には、佐和と白装束姿で寝かされている田宮の姿はあったが、数人の御用屋敷手代や小者の他は誰もいなかった。

自ら乗り込んできた永井は、三千坪余りの敷地内を兵卒たちに隈無《くまな》く探させ、佐和にきつく問い質《ただ》した。

「どういう了見だ。隠し立てするとためにならぬぞ」

「…………」

「この屋敷に、松平出羽守の子、松平直秀が出入りし、不逞《ふてい》の輩を大勢、集めているのは先刻承知しておるのだ」

「父が亡くなったばかりなのです。そのようなご配慮のない御方が、若年寄様とは悲しくなってしまいます」

「黙れ。たかが代官崩れが何だというのだ。それとも、おまえの父親も公儀の禄を喰《は》みながら謀反に加担していたというのか」

「いいえ。父は、その昔、天領の領民のために、命がけで暮らしを守ったと聞き及んでおります……どうか、お引き取り下さいませ。今宵は通夜にございます。父ひとり娘ひとりの別れの日ですので」

「何をグダグダと……儂を誰だと思うておるのだ。構わぬ、この女を引っ立てろ。叩けば知っていることを喋るかもしれぬ」

永井が命じると、配下は躊躇することなく佐和を無理矢理に捕縛し、まるで亡骸《なきがら》を足蹴にするかのように連れ去った。佐和は覚悟を決めたのか、抗《あらが》うことはなかった。

兵卒たちはしばらく屋敷内を探していたが、結局、誰もいなかった。謀反のための武器弾薬の類《たぐい》もまったく見つからなかった。

「そんなはずはない……儂の密偵は隈無く探索し……どういうことだ……」

苦虫《にがむし》を嚙み潰したときである。

――ドーン！　バチバチ、ドドン！　ドドドン！

と激しい爆音が闇夜に鳴り響いた。

永井が驚いて、屋敷の庭に出てみると、さほど離れていない両国橋近くで火の手が上がり、濛々《もうもう》と煙も空に立ちのぼっている。

「まさか……裏を搔いて、何かを始めたか」

不安に駆られた永井に、常盤橋《ときわばし》門や神田橋門辺りにも、不逞の輩が集結しているという報が入ってきた。

「なんだと……急げ！　御城をお守り致すのじゃ！　もしかしたら、かような浅草橋門くんだりまで、幕府軍を呼び寄せる罠だったのかもしれぬ。引き返せ！」

江戸城九十二門には、それぞれ担当の大名や旗本が門番を置き、所定数の鉄砲や槍で固めている。数十人の賊程度で江戸城内に押し込むことは無理である。だが、その場を押さえさえすれば、松平出羽守と直秀が謀反を起こそうとした動かぬ証拠となる。

永井は大手門に近い、常盤橋門に馬を駆って戻ったが、一部の兵は深川にある松平出羽守の屋敷にも派遣した。松平自身が家臣を引き連れて、江戸城に向かってくるのを警戒してのことだ。

だが、やはり城の周辺の門にも、賊が集まっているという事実はなかった。各門の番人たちも、異常はないという。

「おのれ……もしや、こっちの動きを見抜いて先手廻しされたか、あるいはこっちが罠に嵌《は》められているか……」

疑心暗鬼に陥《おちい》った永井は、相手の出方が分からぬことに苛立ち憤《いきどお》ったが、

「やむを得ぬ……ここは一旦、引くしかあるまい」

と呟くのだった。

翌日——江戸城にいつものように登城した永井は、下部屋から本丸詰所に出向く直前、和馬に声をかけた。城中警護役として、詰所まで同行するように命じた。

「いえ、しかし……」

「構わぬ。老中首座の水野様には許しを得ておる。先日の事件もあったからな。気を抜くでないぞ、よいな」

「御意……」

従うしかない和馬は、茶坊主の指示どおり、所定の行程を辿っていると、黒書院手前の廊下で、書院番が数名、駆けつけてきた。書院番、小姓組、大番、小十人組、新

番という将軍五番方の中で最も格式が高い警護役である。だが、いずれも裃《かみしも》姿ゆえ、他の役人たちと区別は付かなかった。

「大人しくせい。でないと、成敗致す」

いきなり和馬を羽交い締めにし、廊下に組み臥した。

「な……何をなさいます……」

突然のことに驚いた和馬は抗おうとした。それなりの剣術や柔術の修業はしているが、多勢に無勢。しかも将軍の腕利きばかりの番方相手では、無駄な抵抗だった。

すると、永井が大声を張り上げた。

「賊を捕らえたり！　将軍暗殺を画策し、密かに江戸城中に忍び込んでいた賊の頭目を、見つけたぞ！」

その声に、黒書院はもとより、近くにいた旗本職の役人たちが一斉に飛び出してきた。見れば、書院番が和馬を取り押さえている。その様子を見て、あちこちで声が上がった。

「先般、堀田様が襲われた時にもいた。どこぞで見たことがあると思ったが、やはりあの御仁の子ではないか」

「ああ、そうだ。松平出羽守様の……」

「おお、私も覚えがあるぞ。たしか、武蔵片倉藩の藩主であったはず。それが、何故に、かような所に……」

「噂は本当であったのだな。上様を亡き者にして、神君家康公の直系だと申して、自らが将軍になろうとしていたとは！」

などと声が飛び交った。

納得できないのは和馬である。縋るように永井に向かって、

「ど、どういうことですか、永井様……私はただ護衛のために……」

「ええい。白々《しらじら》しい！　貴様は、儂を騙して江戸城中の奥深くまで入り込み、隙を狙って上様のいる中奥に押し入ろうとしたのであろう。違うか、松平直秀！」

ハッキリと永井は、和馬のことをそう呼んだ。その瞬間、和馬は何となく、

――そういうことか……。

と思った。

「この場で処分してもよいが、それでは、おまえにかような謀反を命じた松平出羽守様の罪を隠すことになってしまう」

「…………」

「よいな、松平直秀。追って、評定所《ひょうじょうしょ》にて取り調べる故、我が屋敷にて監視する」

本丸御殿に詰める大勢の幕府役人の前で、永井は大見得を切って、和馬を〝松平直秀〟として捕らえたのであった。

六

松平出羽守の子息で、武蔵片倉藩の藩主・松平直秀が、江戸城中に密かに忍び込み、将軍の命を狙おうとした。しかも、若年寄・永井摂津守の護衛役に扮しており、老中・堀田備前守を襲った疑いもある。

このような大事件があったことは、あっという間に巷《ちまた》に広まった。直ちに、評定所にて裁断されるであろうことは、町場の読売の〝記事〟にもなり、飛ぶように売れていた。

庶民たちは、武家の醜聞が好きである。まるで元禄時代の〝赤穂《あこう》事件〟を捩《もじ》ったように、「謀反・竹の廊下」という文字も飛んでいた。

松平出羽守の屋敷では、本物の直秀がその報せを静かに聞いていた。

前庭には、暫平と遙香が、神妙な顔で控えている。

「読売の話は、まことか」

直秀は憂鬱そうな表情で訊いた。

「――なるほど、そういうことか……」

和馬と同じように、直秀も頷いて、事の真相を推察した。

「父上が懸念していたように、永井摂津守が私に似ている高山和馬なる者を、城中護衛役に雇ったのは、このためだったのだな」

「そうとしか思えませぬ……」

暫平は返事をしたが、直秀は納得したように頷いて、

「昨夜は、おまえたちが事前に調べて、永井が幕府の兵を送ってくると分かっていたから、こっちの屋敷に移っていたが……」

「はい……」

「まだ何もしておらぬのに、先んじて高山を謀反の首謀者として捕らえるとは、前々から画策していたのであろうな」

「申し訳ありませせぬ。そこまでは見抜けませんでした」

「おまえたちのせいではない。しかし、永井摂津守がここまでやるとは、上様直々《じきじき》に命じられたと判断できるな。でないと、仮にも我が松平家に向かって、国賊扱いはできまい」

「はい。昨夜は、両国橋で爆破がありましたが、それは花火師の蔵の火薬が爆発しただけでございます。そして、常盤橋などに無頼《ぶらい》の輩が集まっているとの報は、攻撃の目を逸らせるために、幕府の兵卒に扮して混じっていた私が流しました」

「さようか……しかし、このままではまずいな。早晩、上様の矛先は、こっちに向かってくるであろう」

直秀は深い溜息をついた。

「家斉公は将軍の器にあらず、ということは、御一門でも親藩でも声が上がっている。私は謀反という形ではなく、直談判で詰め寄るつもりだったが……」

「はい。武力行使は最後の手段でございます。お父上の出羽守様も、そうご承知です。如何致しましょうや……」

暫平が指示を仰ぐように、直秀を見上げた。この際、武力に打って出てもよいのではという覚悟の目だった。そう察した直秀は首を横に振りながら、

「慌てるな、暫平。まだ相手の出方を見る方が先だ……怖《お》じ気《け》づいたのではないぞ」

と、ふたりを見据えた。

「高山和馬という奴が気になる。いや、その用人か中間か知らぬが、吉右衛門という爺さんのことの方が、な」

「はい……」

「おまえたちを捕らえたのに、あっさりと放逐《ほうちく》して、うちに帰してきた。敵ではないという証《あかし》だろうが……聞けば、佐和の父親と昔、縁があったという」

「その佐和様も、今は永井摂津守に囚われております。直秀様との仲を知っており、もしものときは、人質にするのかもしれません。その時には、私たちが……」

助けると、暫平と遙香は断言した。

そこに、出羽守が来た。手には矢沢に渡されたという読売を持っていた。

「下手《へた》を踏んだな、直秀」

と苛立ち紛れに、瓦版を破り捨てた。

「この際、仕方がない。その和馬とやらを、人身御供にするしかあるまい」

「立ち聞きですか、父上……」

出羽守はそれには答えず、不機嫌に命じるように言った。

「所詮《しょせん》は小身《しょうしん》旗本だ。将軍の家来なのだから、将軍になるおまえのために、犠牲になるのは当然ではないか」

「………」

「これは天の配剤だ。もし、おまえが捕まっていたとしたら、それこそ取り返しがつかぬことだ。儂の身にも色々な懸念が及んでくるであろう。この際、さような下郎《げろう》は棄《す》てておけ」

「さすがは、お父上。慈悲の欠片《かけら》もないお言葉、尊敬致します」

「皮肉を言うな。儂は、おまえを将軍に据えることしか考えておらぬ」

決然と言う出羽守を、直秀は強い目力《めぢから》で見つめ返し、

「兄上は如何なさるのです」

「直貴《なおたか》のことか……奴は、そのまま儂を継げばよい。無能ゆえな、松江藩主にしておくのも憚《はばか》られるが、仕方があるまい。将軍になったおまえが、面倒見てやれ」

「…………」

「何か不服でもあるのか」

「まこと、関わりなき旗本を犠牲にせよと……」

「言うたであろう。家臣が命を差し出すのは、忠義に基づくものだ。むしろ栄誉だ」

「――よく分かりました」

直秀は頭を下げたが、こう言い返した。

「逆命利君《ぎゃくめいりくん》という言葉もあります。言うまでもありませぬが、漢《かん》の劉向《りゅうきょう》による『説《ぜい》苑《えん》』の中にある言葉です……命《めい》に逆らいて君を利する、之を忠という……」

「儂の言うことが聞けぬというのか」

「いいえ、父上のためを思ってのことです。前にも言いましたとおり、御輿の私の担ぎ手は他にも大勢おりますので」

「勝手は許さぬぞ。下手に動けば、それこそ永井の思う壺だ。ここは御輿の出番ではない。じっとしておれ」

出羽守は険しい口調で命じたが、直秀の表情は硬直したままであった。

辰之口《たつのくち》評定所に、和馬が引きずり出されたのは、その翌朝のことだった。評定所とは、寺社奉行、町奉行、勘定奉行、大目付、目付にて合議される、幕府の諮問機関であり、〝最高裁〟である。

元々は老中や若年寄などが臨席することもあったが、八代将軍による「御定書《おさだめがき》百箇条」によって、評定衆一座以外の関与を許さぬようになった。裁判に不公平があってはならないからである。

だが、此度は、御一門が関わった、しかも江戸城中での事件ということで、諸大名や世間も厳しく見ているであろう。それを鑑《かんが》みて、老中首座・水野忠邦も臨席することとなった。ただし、意見を差し挟むことはできない。

水野は見た目では、老中の貫禄などない。むしろ小役人のような、何を考えているか分からない風貌である。だが、その決断力と統率力、突破力などが多くの幕閣たちに抜きん出ていたからこそ、松平出羽守を押しやって、後にいう「天保の改革」に乗り出せたのである。

当然、この場には、永井摂津守もいた。自分が雇った警護役の旗本が、将軍の命を狙った〝松平直秀〟であったことの責任を取るためでもある。むろん、これは大芝居で、一《いち》か八《ばち》かの勝負だった。

議事の進行は月番交替で、町奉行や勘定奉行、寺社奉行が行うが、此度は北町奉行・遠山左衛門尉であった。

「――さて、松平直秀様……此度の江戸城中での不祥事、素直にお認めなさいまするか。仮にも徳川宗家を名乗る御仁であり、前職は老中首座であった松平出羽守様のご子息であられるからには、潔《いさぎよ》く切腹なさいますか」

座敷ではなく、きざはしの下にあるお白洲《しらす》に、座らされている和馬に声をかけた。すでに切腹ありきで、白装束を着せられている。武士、それも小藩とはいえ大名でありながら、しかも評定所に呼びつけられて、まるで盗賊並みの扱いに、和馬は自分のことではないのに、怒りすら感じていた。

「畏れながら……」

和馬は壇上の広間に陣取っている奉行たちを見上げて、

「拙者は、松平直秀様ではありませぬ。小普請組旗本の高山和馬という者でございます。遠山様とは何度も面識があります。遠山様、この顔に見覚えはありませぬか」

と訴えた。

「余計は発言はお慎み下さい」

「いや、しかし……そもそも私は、若年寄の永井摂津守様に雇われて、小普請組ながら城中警護役として……」

「その経緯はすべて承知しております。それを利用して、高山和馬に成りすまして、江戸城に潜《もぐ》り込んでいたことも」

「違う、違う。私は……しかも私は何もしていない。いきなり番方に押さえつけられ、この場に連れてこられたのです。遠山様、どうかどうか……きちんとお調べ下さい」

評定所役人らに止められるのにも拘《かか》わらず、和馬は必死に訴えた。だが、遠山もまったく聞く耳を持たぬという顔で、

「城中では、あなたが大暴れしたというのを、大勢の者が見ているのです」

「大暴れなどしておりませせぬ」

「その前には、堀田備前守様を襲い、永井摂津守様にも怪我を負わせた。あなたが誰であろうと、犯した罪は償わねばなりませぬ」

決然と言う遠山を見上げて、高山はしばらく哀願するような目を向けていた。だが、まったく揺るぎないその表情は、和馬を信じていないようであった。いや、

──すべて承知で、自分を松平直秀として葬り、事件に決着をつけたい。

そう思っているに違いないと想像した。

「なるほど……そういうことですか……遠山様、正義の武士として名を馳せるあなたも、強い権力に与《くみ》した……というわけですね」

「何と言おうと、直秀様……あなたのおっしゃることは、誰も信じぬでしょう。それこそ、小普請組旗本のせいにして責任逃れをしているとは、武士の風上にも置けませぬぞ」

遠山が険しい口調になると、和馬はしだいに諦めた雰囲気になってきて、

「さようですか……この場に来て、亡き父上の気持ちが分かりました」

「…………」

「父上は、勘定方のしがない下級役人でしたが、時の勘定奉行が犯した公金横領の責めを負って切腹しました。父上はまったく知らないことでしたが、この評定所で裁断

され、他人の罪を被《かぶ》って死んだのです」

和馬は悲しみよりも怒りに満ちていた。だが、この場にいる一同には、まったく情け無用とばかりに、即刻、切腹をさせたいという意図が見えていた。

「――そうですか……分かりました」

意を決したように、和馬は朗々とした声で言った。

「私も旗本の端くれです。たとえ間違いであっても、私の一命によって、幕府の威信が保たれ、徳川家の安泰が続くのであれば、この身を差し出します……きっと父上も同じ気持ちだったのでしょう」

「…………」

無言で見ている遠山を、もう一度、和馬は見上げて、

「言い訳無用……父上の好きな言葉でした。ですから、もう私も何も言いません」

と頭を下げた。

すると、当然のように数人の評定所役人と介錯人《かいしゃくにん》が現れ、和馬を取り囲んだ。そして、三方《さんぼう》に載せた柄《つか》のない短刀を、和馬の前に静かに置いた。

桜の花びらこそ舞っていないが、いつか見た夢を思い出し、

――行く山に、桜もないか、ああ悲し。

と口の中で呟いた。

遠山がじっと見下ろして、役人たちに頷くと、いよいよ切腹に取りかかれとばかりに、間合いを詰めて座敷に立った。介錯人が刀身を桶《おけ》の水で清めて、和馬の背後に立った。

「まさか、正夢になるとはな……」

和馬は呟きながら、奉書紙で短刀の茎《なかご》を包み込むようにし、イザという決死の覚悟の顔になって、切っ先を腹に突き立てた——いや、その寸前、

「あいや、しばらく」

と声があって、中庭に面した廊下を駆けてくる者がいた。やはり白装束の裃を着た侍が、血相を変えて近づいてきた。

「しばらく、お待ち下さいませ！」

その顔は——和馬とまったく瓜ふたつの、松平直秀であった。

七

「私こそが、松平直秀でござる」

廊下を駆けて来た直秀は、遠山の前に座るなり、

「正真正銘の本物でござる。そこな高山和馬は私とはまったく面識はないが、ここにおられる方々の中には、この私を知っている方もおられよう」

そう堂々と語った。

評定所一座のうち、遠山はもとより、勘定奉行も目付も、本物の直秀の顔を実は知らない。知っているのは、大名職である寺社奉行と大目付だけであった。

もちろん、老中首座の水野忠邦と若年寄の永井摂津守は会ったことがある。それゆえ、水野忠邦はこの場にて、〝面通し〟の役割を担ったのだ。

「こ、これは……どういうことだ……」

「たしかに似ている」

「似すぎだ……どっちがどっちか分からぬ。双子といわれても不思議ではない」

「一体、何が起こったのだ」

などと役人たちからも声が洩れた。

和馬も吃驚《びっくり》して、直秀を見上げている。助かったと思う反面、この状況をどう処するつもりなのか気になった。

直秀は、お白洲の和馬を見下ろして、

「迷惑をかけた。千晶はよい娘だ。可愛がってやるがよかろう」

と言った。

なんだか偉そうだが、和馬は「ああ」と何となく頷いた。それでも自分が一体、どういう立場にいるのか、和馬は納得できないまま、目の前の成り行きを見ていた。

水野は老中首座の立場とはいえ、この場での意見は慎まねばならぬ。だが、想定外の人物が一方的に押し入ってきた限りは、幕政の最高地位にある者として、事を質すのは当然の理である。

「これは異な事。いずれが直秀様か、見た目だけでは判断ができかねるが……この場に強引に入ってくることができたのは、松平出羽守が特別に計らったのか」

「関わりなき者が、私の身代わりに切腹とは、あまりにも理不尽なのでな」

直秀は水野を凝視して言った。その力強い視線は、老中首座としての非を責めているようにも見える。水野は少しばかり口元を歪めて、張りのある声で、

「御一門であらせられても、直秀様は小藩の一大名に過ぎませぬ。この場は、御公儀の評定の場。しかも、私は幕政の責任を担うておる。事と次第では、それこそ切腹の沙汰でございますぞ」

「むろん覚悟の上。この際、私の話を聞いて貰えましょうか」

「――話ですと……」

訝《いぶか》しむ水野に、議事進行役の遠山が「話だけなら宜しかろう」と声を挟んだ。評定所のこの場は遠山が取り仕切っている。他のふたりの奉行や大目付らも承知して頷いたので、水野は許すことにした。

「ご配慮、痛み入ります」

直秀は一同をゆっくりと見廻して、改めて自分の身分と姓名を名乗ってから、

「此度は、殿中にて老中・堀田備前守様、そして若年寄・永井摂津守様が何者かに襲われたとのこと耳にしました。それが私の手の者であるという噂も……されど、神君家康公に誓って、さようなことには一切、関わっていないことを申しておきます」

名を出された永井摂津守も黙って聞いていた。

「ましてや、そこな高山和馬なる者は、小普請組旗本と聞いておるが、此度の一件ではまったくの無実。城中警護役として、永井摂津守様に雇われたに過ぎない身……その者を私に仕立てたのは、何処のどなたかな」

「いや、それは……」

永井が何か言いかけたが、直秀は声を重ねるように続けた。

「付け足しておくが、高山和馬は小身旗本の身ながら、深川一帯の貧しき者、病める

者たちのために私財を投じ、さらには江戸に溢れる浪人や無宿者のために、公儀普請などの仕事を与えて、暮らしが立つようにしているとか……水野様の〝人返し令〟によって、逆に行く場を失った人々を救っておる」

「………」

「本来、幕府がやらねばならぬことを、わずか二百石ほどの旗本に委ねるしかないとは、甚《はなは》だ手抜きと世間から言われても、やむを得ないことだ。この場は、幕政の話をする場ではないことは承知しているが、老中首座がおるので、あえて申した」

白装束は死を覚悟していることを意味する。しかも物腰が、まるで将軍のように威風堂々としている。それだけ直秀の意見は重かったが、たしかに場違いな意見である。見かねたように、永井が声をかけた。

「幕政批判は結構なこと。いくらでもお聞き致しましょう。ならば、お尋ねします、直秀様……何故、元家臣や郷士などとはいえ、浪人たちに徒党を組ませて、江戸城を襲おうとなさったのですか」

「さようなことはしてはおらぬ」

「いいえ。こちらも腑抜けではありませぬ。幕府の耳目《じもく》である御庭番などの調べでも、松平出羽守様とあなたの動きは摑んでおりました。まさか、浪人たちの就労の手伝いをするつもりだった……などと言うのではありますまいな」

「そのとおりだ」

当然のように返した直秀に、永井のみではなく、他の評定所一座の者は驚いた。

「私が将軍の座に就けば、有能な者が登用され、幕政は良くなる。政事が良くなれば、職を失う者は減り、世の中の金の流れも良くなり、人々は飢え死にせず、病に罹《かか》っても適切な処置ができる。しかし、この天保の世の中、飢饉《ききん》や疫病《えきびょう》が広がっているにも拘わらず、何ら手立てを講じないのは、上様はもとより、幕閣重職らの怠慢《たいまん》としか思えぬ」

「なんだと……」

今度は水野が腰を浮かすほど、気色《けしき》ばんだ。その勢いに乗るかのように、永井の方が声を荒げて反論をした。

「我らを無能呼ばわりするのは、まだよい。だが、上様のことを悪し様に言うとは、断じて許すことができぬぞッ。たとえ将軍家直系の者であったとしてもだ」

直秀はまったく動揺せず、当たり前のように言い返した。

「さよう。私は、家斉公が無能だと言ったのだ。それゆえ、もっと無能な幕閣を集め、世の中を不安に陥《おとしい》れ、庶民は塗炭《とたん》の苦しみを味わっている。それを変えるためには、将軍が変わらなければならぬ」

「き、貴様……恐れ多くも……！」

「控えろ、永井。おぬしに貴様呼ばわりされる覚えはない」

あまりにも堂々と責め立てた直秀を、遠山ですら啞然となって見ていた。

「父によって、不遇な目に遭わされていた我が藩の者たちの面倒を見るために、江戸に集めただけである。それを謀反だと恐れたのは、永井摂津守……おぬしに疚《やま》しいことがあったからこそだ。己が命を狙われたと思うてのことであろう」

「なんと……聞き捨てならぬぞ。おまえこそ、自分の不祥事を、身共《みども》に押しつける気か」

感情を露わにした永井摂津守の味方をするように、水野が声を強めた。

「先程から黙って聞いておれば、偉そうになんだ！　構わぬ。こやつは、上様を愚弄《ぐろう》し、神聖な評定所までも汚《けが》しおった。それだけでも万死《ばんし》に値する。引っ捕らえろ！」

評定所役人に命じたが、誰も動かなかった。武官ではないからである。その代わり、水野の警護役が十数人、控えの間から乗り込んできて、今にも大騒動になりそうになった。

その時——。

評定所留守勘定組頭《くみがしら》が、やはり廊下を駆けてきて、

「お待ち下さいまし」

とその場を収めるように声を上げた。布衣《ほい》の身分で、いわば評定所の事務局長にして、事件の調査や各奉行との連絡を取り仕切っている。警備役である評定所同心も一緒に小走りで来た。

「たった今、上様御側御用取次《おそばごようとりつぎ》の加納《かのう》様からの報せで、この評定を中止せよとのことです。どうか、お聞き届け下さいませ」

「なんと、上様が……」

驚きを隠せぬ水野だが、その目が、いまひとり、留守勘定組頭の後から現れた人物に吸い寄せられた。薄紫の裃を着た老体が、橋掛《はしが》かりから本舞台に来る能役者のような足取りで登場した。和馬は、その顔を見て、

「――あっ。吉右衛門！　こんな所で何をしてるんだッ」

と思わず声をかけた。

「今、お聞きになったように、私のことを知っている、お白洲にいる方。そちらが、高山和馬様ですよ、水野様」

吉右衛門がニコリと微笑《ほほえ》みかけた。

水野は眉間に皺を寄せて、さらに凝視してから、「ひっ」と小さな悲鳴を上げると、上座から降りて平伏した。

「ご無沙汰ばかりで、ご無礼しております。此度の評定は、城中での不祥事でありますゆえ、拙者も立ち合うことになり……」

「でしょうな。それより、水野様。私は自分の主君である高山和馬様をお引き受けに参っただけでございます。お連れして帰って宜しいでしょうかな」

「ええ、それはもう。どうぞ、どうぞ……」

恐縮しきりの水野の姿を見て、他の評定衆一座もつられるように手をついて、平伏していたが、吉右衛門は首を振りながら、

「よして下さい。私が至らなかったのです。もし、永井摂津守の陰謀にもっと早く気付いておりましたら、かような事態になっておりませなんだ。和馬様を永井摂津守に預けたのは、私の不手際《ふてぎわ》です」

と言った。

「――たしかに、ご隠居だ……拙者も何度か面識はあるが、一体、あなたは……」

遠山も目を白黒させていた。

名指しされた永井は、相手が誰かが分からないものの、水野が恐縮して平伏するほ

どの人物だから、遠慮がちに述べた。

「身共の何が、いけなかったのでしょうか……」

「私に言わせますか」

「ぜひに、お聞かせ願えれば……」

「さようですか。では、遠慮なくひとつふたつ、水野様にお伝えしておきます」

吉右衛門は立ったままで、水野と永井を見下ろした。和馬は何を言い出すのだと不安で胸が潰れそうだったが、直秀は事情をある程度は分かっているのか、黙って見守っていた。

ゴホンとひとつ咳払いしてから、吉右衛門はいつもの丁寧《ていねい》な口調で言った。

「江戸城中で、堀田備前守様を襲ったのは、永井摂津守の手の者です。己が家臣を、持組の中に紛れ込ませ、襲わせた上で自分も害を受けたふりをしました」

「な、何をおっしゃいまするか」

否定する永井に、吉右衛門はおっとりとした口調で、

「あなたの用人、田野倉がすべて吐きました。次回、評定所で証言した上で腹を切ると申しております。その前に切腹されては、貴重な証人が消えますので、上様の番方が捕らえております」

「えっ……！」

永井が驚愕することなど何とも思わず、吉右衛門は続けた。

「あなたは上様に直談判して、元関東郡代の屋敷に兵を送り込みましたね。その際、花火師の蔵で火薬を爆破し、如何にも謀反が起こったように見せかけたのも、田野倉の仕業です。はい、正直に話しました」

「嘘だ……」

「そして、万が一、直秀様が何か不都合なことをしようとしたときには、阻止するために、恋仲にある佐和さん……代官・田宮小兵衛さんの娘を、あなたは拉致しました」

「知らぬ。何のために、そんなことを……」

「何のためにか、こちらが聞きとうござる。永井摂津守……」

「…………」

「江戸城中で騒動を起こし、如何にも松平出羽守様と直秀様が、上様を亡き者にしようと画策しているとでっち上げようとした。もっとも、直秀様は、上様に成り代わって幕政を取り仕切りたい思いはあります。そのために、上様と直談判しようと思っておりました」

吉右衛門が滔々と語るのを、永井は睨み上げていた。

「ですが、あなたと堀田様が邪魔ばかりしていた。なぜか……バカ将軍が賢い将軍になられて困るのは、あなただからです」

「……………」

「上様も操っておきたかった。だから、万が一の場合は、直秀様の元家臣が狙っていたのは上様ではなく、あなたの命です。上様ときちんと話し合うためにね」

吉右衛門はそこまで言うと、ハアッとわざとらしい溜息をついて、

「水野様。後は、あなたにお任せする……と上様が申しております。そして、いつでも、直秀様と会って、これからのことを話したいとおっしゃられている」

「さ、さようでございますか……承知致しました……善処致します。ハハア」

再び水野が平伏する姿を見て、永井も大人しく頭を下げるしかなかった。

「──誰だ……一体、誰なのだ、この老体は……。

永井は胸の中で何度も呟いていた。

同じことを、和馬も屋敷に帰ってから、吉右衛門に問い質した。

だが、いつものように飄然と、

「はて、誰かと間違っていたようですな。世の中には、双子のように似てる者が七人

もおるそうですから」

「誤魔化すな……俺は本当に切腹させられるところだったのだ」

「だから、助けて上げたじゃないですか」

「水野様も震えが止まらぬほどの相手にしか見えなかった。あの後、永井様も御家断絶の上、切腹を上様から命じられた……おまえが何か言ったのか」

「私にさような権限があろうはずがありません」

「だが、俺の目の前で……あれが芝居とは到底、思えぬ。おまえは一体、誰なのだ……このままでは、俺の方がおかしくなってしまいそうだ……本当のことを言うてくれ」

「──さいですか……」

吉右衛門が小さく溜息をつくと、和馬は迫るように、

「なんだ……早く言うてくれ」

「実はですね……和馬様……あなたは直秀様の双子の弟で、万が一のときは、将軍になられるご身分なのです。ですから、こうして私が、密かにお守りしているのでございます」

「えっ。ま、まことか！」

「……それで満足ですかな。さあ、今日は何処になけなしのお金を恵みに参りますか」

吉右衛門はアハハと笑いながら、いつものように朝餉《あさげ》の高膳《たかぜん》を和馬に差し出してから、庭に降りた。そこにはすでに、炊き出しを求めて、孤児《みなしご》たちが集まってきている。みんな、それぞれに、

「今日は遅いじゃねえか」「ちゃんと芋《いも》は入ってるんだろうな」「たまには菜の物や魚もたっぷり入れてくれよ」「深川飯の方が美味《うま》いよなあ」「後で甘いものもくれよ」

などと好き勝手なことを言っている。それでも、孫の面倒でも見ているかのように、吉右衛門はみんなの頭を撫でながら、粥《かゆ》を椀《わん》によそってやっている。

そんな吉右衛門の姿を見ていると、「まあ、誰であってもいいか」という気に、和馬もなってくる。箸《はし》を手にして、ふと軒《のき》の向こうの空を見上げると、何十羽もの雁《かり》が一斉に飛んでいくのが見えた。

その姿を実に幸せそうに感じた吉右衛門は、

——民百姓にも、あのような無事な暮らしをさせてやりたいものようのう。

と将軍にでもなったつもりで、粗食の朝餉を食べるのであった。

その後、松平出羽守は藩主を退き、国元にいる長男の直貴に引き継がせたが、松江

領内は天保の大飢饉によって大きな打撃を受け、大火事、水害などが続いた。にも拘わらず、直貴は相撲や鷹狩りに興じたため、いっそうの財政難を招くことになった。そのため家臣から〝主君押込《しゅくんおしごめ》〟にされる体《てい》たらくであった。

一方、直秀は武蔵片倉藩が三万石に加増された上で、永井摂津守に代わって若年寄となり、辣腕を発揮した。さらに十数年後には老中として、井伊直弼《いいなおすけ》のもとで開国を断行した。安政の大獄による弾圧によって「桜田門外の変《さくらだもんがいのへん》」が起こった後は、老中安藤信正《あんどうのぶまさ》らとともに公武合体に力を注ごうとしたが、不遇にも病死している。

千晶はといえば、一度は松平出羽守の屋敷に入ったものの、窮屈さに三日も保《も》たずに飛び出してきて、今も深川診療所で産婆兼骨接ぎ医をしている。そのくせ二言目には、

「松平家のお嬢様だからね」

というのが口癖《くちぐせ》になって、和馬には相変わらず猛烈に迫っている。その千晶のおきゃんな声がどこかから聞こえてきた。

和馬は朝餉もそこそこに立ち上がり、奥に逃げるのであった。

時代小説

二見時代小説文庫

砂上《さじょう》の将軍《しょうぐん》　ご隠居《いんきょ》は福《ふく》の神《かみ》6

二〇二一年　七　月二十五日　初版発行

著者　井川香四郎《いかわこうしろう》

発行所　株式会社　二見書房
〒一〇一-八四〇五
東京都千代田区神田三崎町二-一八-一一
電話　〇三-三五一五-二三一一［営業］
　　　〇三-三五一五-二三一三［編集］
振替　〇〇一七〇-四-二六三九

印刷　株式会社　堀内印刷所
製本　株式会社　村上製本所

ISBN978-4-576-21093-3
https://www.futami.co.jp/